우리 아이

중독 심리 백과

우리 아이 중독 심리 백과

김영한 · 김민철 · 이해국 · 조병옥 · 최준영 지음

STOREHOUSE

일러두기

본문에 등장하는 사람 이름은 모두 가명입니다.

들어가는 글

나는 지금 건강한가요?

"이따 세 시에 놀이터에서 만나."

어린 시절 학교 수업이 끝나면 친구들과 언제나 약속을 잡곤 했죠. 휴대전화는 없었지만 어김없이 세 시면 놀이터에서 친구들과 만났어요. 미끄럼틀과 그네 그리고 시소가 전부인 놀이터는 때로는 용암이 흐르는 모험의 공간이 되고, 때로는 지지고 볶으며 살아가는 어느 가정으로 변신했어요. 깨진 벽돌 가루는 고추장이 되고, 부러진 나무 막대기는 용감한 기사의 칼이 되곤 했어요. 요즘 아이들이 누리는 세상과는 비교할 수 없을 정도로 빈약한 문명(?)이었지만, 그 당시 중독에 빠진 사람은 술에 취해 우리 집 문을 두드리던 옆집 아저씨뿐이었죠.

"스마트폰을 사준 제 잘못이죠"라며 가슴을 치는 어느 어머니의 탄식처럼, 과연 청소년들이 손에 쥔 최첨단 기기들이 우리 아이들을 중독에 빠뜨리는 원인일까요?

심리학자 브루스 알렉산더Bruce Alexander는 오랜 시간 마약 중독자를 상담하던 중 공통점을 발견했어요. 마약 중독으로 그를 찾아오는 환자 대부분이 빈민가에 살거나 사회경제적으로 궁핍해 부정적인 생각으로 가득 차 있다는 점이었어요. 알렉산더에게는 '중독'에 대해 새로운 가설을 세우는 계기였죠.

당시에는 중독을 약리학의 관점으로 정의했어요. 중독을 일으키는 특정 약물이 도파민 분비를 촉진하고, 도파민이 부족해지면 약물을 더 많이 찾게 만든다는 정의였죠. 이런 결론이 나오는 데 가장 중요한 역할을 한 것이 '쥐 실험'이었어요. 사람과 신경 체계가 비슷한 쥐를 마약이 든 우리에 넣고 쥐가 마약에 중독되는 과정을 살피는 실험이었어요. 쥐는 얼마 지나지 않아 마약에 중독되었고, 이 실험을 토대로 중독을 정의하게 된 것이죠.

이 실험을 직접 본 브루스는 실험에서 오류를 발견해요. 실험 장소가 더럽고 비좁았으며, 마약 이외에는 아무것도 없었다는 거예요. 이런 공간에서라면 누구라도 마약에 중독될 수밖에 없다는 오류였어요.

그래서 브루스는 1980년에 연구자 두 명과 함께 '쥐 공원 실험'이라는 새로운 실험을 해요. 실험 대상인 쥐들을 새로운 환경에 넣어주었지요.

실험 공간은 더럽고 비좁은 곳이 아니라 18.6제곱미터나 되는 넓은 공간이었어요. 여기에 쥐가 좋아하는 치즈, 밝은색 공과 터널 등 놀이 시설도 넣었어요. 말 그대로 쥐들에겐 천국 같은 곳이었죠. 또 이와 비교하기 위해 이전 실험 그대로 더럽고 좁고 암울한 우리도 만들어 세 가지 실험을 진행했어요.

첫 번째는 암수 열여섯 쌍을 쥐 공원과 좁은 우리에 나눠 넣은 다음, 물에 모르핀과 설탕을 섞어 마약 음료를 만들었어요. 그리고 두 공간의 쥐들에게 똑같은 양의 마약 음료를 주었어요. 그 결과 쥐 공원에 있는 쥐들은 음료를 먹지 않았지만 좁은 우리에 갇힌 쥐는 모두 마약에 취해버렸어요. 실험 결과 좁은 우리에 갇힌 쥐는 쥐 공원의 쥐보다 마약 음료를 열여섯 배나 더 섭취한 것으로 나타났어요.

두 번째 실험에서는 쥐 공원의 쥐들에게 마약 성분을 제거한 마약 음료를 주었어요. 그러자 마약이 없는 것을 확인한 쥐들이 음료를 먹었어요.

그리고 마지막 실험은 이렇게 바뀌었지요. 양쪽 공간의 모든 쥐에게 마약 음료 말고는 아무 음식도 주지 않는 방법으로 모두 마약에 중독시켰어요. 그 후 양쪽 쥐들에게 다시 음식과 마약 음료를 제공했더니 놀라운 일이 일어났어요. 좁은 우리에 있던 쥐들은 여전히 마약에 중독된 상태로 있었지만, 쥐 공원의 쥐들은 처음에는 간혹 마약 음료를 먹었지만 이내 그 비율이 점차 줄어든 거지요. 결국에는 대부분이 마약 음료를 거부했요.

이 실험으로 알렉산더는 특정 물질이 중독을 일으킨다기보다는 고립되고 결핍된 환경에 의해 중독에 빠지게 된다는 의미 있는 결과를 얻었어요.

중독되지 않은 청소년을 찾아보기 어렵게 된 시대, 청소년이 중독된 이유가 '쥐 공원 실험' 결과와 무관하지 않다는 사실을 우리 모두 깨달아야 해요.

"라테는 말이야"의 시선으로 청소년들이 누리는 물질적인 윤택함만 강조하며 그들을 억누르기보다는, 손에 수많은 것을 쥐고도 지나친 경쟁과 1등 중심 사회에 갇혀버린 청소년들을 봐야 합니다. 비좁은 우리에 갇힌 채 중독되어 가는 쥐들과 다름없다는 점을 인식해야 해요.

"학원과 학교에 있는 시간 빼고는 스마트폰만 해요"라고 말하는 아이들을 보며, 선택할 수 있는 것이라곤 하나도 없던 좁은 우리 속 쥐들이 떠오르는 것이 우연이 아니라는 거예요.

중독에 빠진 청소년들을 바라보는 기성세대의 시선이 달라지길 바라며 책을 펴냅니다. 또 이 책을 읽는 청소년이 중독의 위험성을 조금이라도 알고, 혹 뭔가에 중독되어 있다면 '왜' 그리고 '어떻게' 그 중독에서 빠져나올 수 있는지 알게 되기를 바라요.

2021년 1월

김민철, 김영한, 이해국, 조병옥, 최준영

중독은 '저 밖에 있는' 무언가가

마음속 공허함을 금세 채워줄 것이라는

희망에서 시작된다.

— 장 킬본 Jean Kilbourne

차례

Ⅲ 중독의 원인

Ⅳ 중독의 실체

I

독에 빠지다

어떻게 살아야 하는지 배운 적이 없어요
—선영이 이야기—

한 해를 마무리하며 모두가 들떠 있던 어느 날, 4년 만에 상담실 문을 열고 들어온 선영이는 온몸으로 살려달라 외치는 듯했어요. 초점을 잃은 눈과 기름 낀 머릿결, 얼마나 물어뜯었는지 짧디짧은 손톱이 소리치고 있었죠.

"선생님, 살려주세요!"

우리가 처음 만난 건 선영이가 중학교 1학년이던 봄이었어요. 그때도 선영이가 먼저 찾아와 문을 열었어요. 그리고 중학교 1학년다운 씩씩한 목소리로 제 이야기를 시작했습니다.

선영이는 초등학교 시절부터 따돌림을 당했어요. 그런데 같은 초등학교를 나온 아이들과 같은 중학교로 배정되면서 또다시 따돌림을 당하고 있었어요. 그리고 선영이가 왕따였다는 소문이 나자 선영이를 모르던 학급 친구들까지 모두가 따돌리기 시작했습니다.

따돌림을 당할 만한 사건이라도 있었는지 물었죠. "친구에게 소주를 선물했더니, 그때부터 저를 놀리고 따돌렸어요"라고 대답하더군요.

제 상황이 익숙한 듯 대수롭지 않게 말하는 열네 살 선영이는 심각한 게임 중독자였어요. 선영이가 게임을 처음 한 건 부모님이 이혼한 직후, 아버지와 살게 되면서부터였어요. 일곱 살이던 선영이는 제대로 양육받지 못했고, 술만 마시는 아버지는 아이의 작은 손에 스마트폰을 건네주었죠. 그때부터 선영이를 키운 건 아버지가 아니라 스마트폰이었어요.

스마트폰과 함께 지내다 초등학교에 입학한 선영이는 또래들과 소통하는 방법을 전혀 알지 못했어요. 하루는 너무 좋아하는 친구가 있어서 집에 있던 술을 가방에 챙겨 그 친구에게 주었다고 해요. 너무 놀란 담임 선생님은 아버지와 통화를 했고, 아버지와 상담을 한 후에야 선영이의 행동을 이해하게 되었다고 해요. 선영이 아버지는 날마다 술병을 품에 끼고 있었고, 그것을 본 선영이는 '술은 소중하고 좋은 것'이라고 생각하게 된 거였어요. 좋아하는 친구에게 선물을 주며 마음을 표현하고 싶은데, 집에 있는 것 중에 가장 좋은 것이 술이었던 거예요. 그 사건 이후로 선영이는 학교에서 '이상한 애'가 되어버렸어요. 그리고 늘 혼자였어요. 또다시 혼자가 된 선영이는 스마트폰이라는 유일한 친구에게 더욱 의존하게 되었어요.

하지만 어른들이 스마트폰만 붙잡고 있는 선영이의 이상행동을 이해할 리 없었죠. 어떻게든 스마트폰을 보지 못하게 하려고 아버지도, 선생님도 애썼어요. 하지만 청소년기에 가장 밀접한 대상과의 교제를 방해하는 사람은 곧 아이의 적이 되어버리게 마련이죠. 선영이의 유일한 친구인 스마트폰을 떼어놓으려 하면 할수록 선생님과 부모님은 선영이의 마음에서 멀어졌어요. 그리고 반대로 친구, 아니 부모와 같았던 스마트폰에는 더욱 애착을 갖게 되었어요. 선영이에게 스마트폰은 단순히 기계가 아니라 친구였죠.

그렇게 열네 살 선영이는 무기력한 눈빛으로 한참이나 스마트폰과 운명 공동체가 된 이야기를 하고서 교실로 돌아갔어요. 그리고 다음 날부터 학교에 나오지 않았어요. 연락도 되지 않았고, 집으로 찾아가도 만날 수 없었어요.

그로부터 4년이 지난 어느 날 선영이가 찾아왔어요. 처음 만났을 때와는 너무나 다른 모습으로 문 앞에 서 있었지요. 마치 죽음 앞에 놓인 듯한 모습으로 말예요.

"선생님, 저 좀 도와주세요…."

자리에 앉자마자 선영이가 끝을 흐리며 던진 말이었어요. 눈에는 눈물이 그렁그렁 맺혀 있었어요. 학교를 떠난 후 아이가 보낸 4년이 그 한마디에 고스란히 담겨 있었죠. 학교를 떠난 선영이의 삶은 말 그대로 지옥과 같았어요.

"처음 1년은 집에만 처박혀 있었어요. 굶거나 라면을 먹으며 게임만 했어요. 게임을 하는 동안은 내가 뭐라도 된 것같이 편안했어요…."

하지만 그런 선영이를 그대로 두고 볼 아버지가 아니었죠. 술을 먹고 들어온 날이면 언제나 폭력을 휘둘렀어요. 열다섯 살이 되던 해 아버지에게 심한 폭력을 당한 선영이는 도망치듯 집을 뛰쳐나왔어요. 그리고 만난 새로운 가족 '가출 팸(가출한 아이들 무리)' 아이들과 이곳저곳 옮겨 다니며 지내기 시작했어요. 가출 팸 아이들과 함께 생활하며 자연스럽게 술을 마시고, 담배도 피우게 되었죠.

"아이들과 어울려서 담배도 피고 술도 마시면 힘든 것들을 다 잊는 것 같았어요. 매일 때리는 아버지도, 날 놀리던 아이들도, 그럴 때 아무것도 하지 못하던 내 모습도 생각나지 않았어요. 그래서 정말 매일 술을 마시고 담배를 피웠어요. 그런데 이제 그만하고 싶어요. 이제 남들하고 똑같이 평범하게 살고 싶어졌는데, 아무리 노력해도 벗어날 수가 없어요."

힘겨운 삶에서 벗어나기 위해 '독'을 선택했던 선영이는 그 독에서 벗어나고 싶어도 뜻대로 되지 않자 지푸라기를 잡으려는 듯 힘겹게 손을 내밀고 있었어요.

자해를 시작한 건 중학교 2학년 때였어요

—경현이 이야기—

고등학교 1학년이던 경현이가 상담을 받으러 온 날, 얼마나 놀랐는지 몰라요. 경현이는 성적도 상위권이고 부모님 모두 전문직인 데다, 가정 형편도 넉넉했거든요. 무엇 하나 부족한 게 없는 학생이었죠. 심부름을 온 줄로 착각할 정도였으니까요.

"상담할 수 있나요?"라는 질문을 할 때서야 비로소 경현이의 안색이 보였어요. 무기력하고 어두운 표정, 전형적인 우울증 증상이었죠. 여름인데도 팔에 긴 토시를 낀 이유가 궁금했지만, 모른 척 상담을 시작했어요. 얼마 지나지 않아 경현이는 토시를 내리고 팔을 보여주었어요. 가늘고 긴 팔에는 붉고 진한 선이 수도 없이 새겨져 있었어요.

"중학교 2학년 때 자해를 시작했어요. 겨울 방학 즈음에 학원에서 공부를 하는데, 교실에 갇혀 있는 게 너무 답답했어요. 어떻게 하면 좋을지 모르겠고 답답함이 계속되어서 손톱으로 팔뚝을 긁었는데 피가 났어요. 그런데 이상하게 기분이 좀 나아지는 거 같았어요. 그 뒤로 답답할 때마다 자연스럽게 손톱으로 팔목을 긁었고, 나중에는 인스타그램에서 본 '자해러'들의 방법을 보며 칼로도 긋게 되었어요."

경현이는 공부를 해야 하는데 도무지 그러기 싫은 제가 너무 싫었다고 해요.

"공부를 하고 싶지 않은데, 하고 싶어 하지 않는 내가 극도로 혐오스러웠어요. 공부를 안 하면 아무것도 할 수 없다는 걸 아는데, 또 내 몸뚱이는 공부를 하고 싶어 하지 않는 것 같아서 기분이 늘 좋지 않았어요. 손목을 긋는 건 그런 저에게 주는 일종의 벌이었죠."

문제없어 보이던 경현이는 제 몸을 해치는 심각한 자해 중독자였어요. "공부를 못하면 커서 네가 좋아하는 아이스크림도 못 먹게 될 거야"라는 부모님의 말에 경현이는 어쩔 수 없이 공부를 했어요. 처음에는 좋아하는 아이스크림을 마음껏 먹는 것이 좋아서 열심히 했다고 해요. 늦은 밤까지 학원에 다녀도 괜찮았죠.

그런데 더 이상 아이스크림을 먹는 정도로는 만족하지 못했어요. 마음 편하게 집에 있을 수 없는 날이 이어졌고, 학원에 간다고 하고서 피시방에 앉아 하루 종일 게임을 하기도 했어요. 그때마다 알 수 없는 죄책감에 점점 더 자신을 혐오하게 되었어요.

평범한 학생이던 경현이는 자해라는 '독'에 빠져 벗어나지 못하고 죽어가고 있었어요.

엄마가 혐오스러워요

—재홍이 이야기—

"선생님, 엄마가 칼로 제 방문을 찍고 있어요. 무서워요."

한밤중 막 잠자리에 들려는데 재홍이의 문자가 왔어요. 너무 놀라 전화를 걸었고 울먹이는 목소리 너머로 재홍이 어머니의 욕설이 들려왔죠.

재홍이는 알코올 중독인 어머니와 단둘이 지내고 있었어요. 매일 밤 술을 마시는 어머니 때문에 밤늦게야 잠이 들었고, 그래서 학교는 지각을 하거나 결석하기 일쑤였어요. 그 때문에 재홍이와 상담을 시작했고, 문제의 근원인 어머니도 만나게 되었죠. 화려한 화장과 과장된 행동이 인상적이던 어머니는 자리에 앉자마자 눈물을 쏟으며 토해내듯 말했어요.

"모든 게 다 내 잘못이에요."

재홍이가 태어난 지 얼마 지나지 않아, 남편의 폭력을 못 견딘 어머니는 이혼을 했어요. 그 뒤로 재홍이와 단둘이 지내며 우울증에 시달렸고, 그 상황을 견디기 위해 술을 마시기 시작했어요. 술에 의지해 하루하루를 보내다 재홍

> 이가 사춘기가 될 무렵, 어머니는 재홍이에게도 의존하게 되었습니다. 재홍이와 모든 것을 함께하려 했고, 재홍이를 위해서라면 뭐든 했어요.
>
> 언제부턴가 재홍이는 그런 어머니를 이용해 갖고 싶은 게임을 사기 시작했고 지금은 심각한 게임 중독자가 되고 말았어요. 그 모습을 두고 보기 힘들어진 어머니는 더욱 술에 빠져들었고, 매일 밤 재홍이를 괴롭히게 된 거죠. 그런 엄마가 너무 혐오스러운 나머지 재홍이는 밤마다 문을 걸어 잠그고 헤드폰을 쓴 채 더욱 게임에 몰입했어요. 그러다 어느 날 더 이상 참지 못한 어머니가 술을 마시고 방문을 칼로 찍어낸 거죠.

그 후 몇 개월 지나지 않아 어머니는 급성 간경화로 세상을 떠나셨어요. 재홍이는 스마트폰 카메라로 피를 흘리며 쓰러져 숨을 쉬지 않는 어머니를 찍어 저에게 보여주었어요. 그때의 상황을 이야기하는 재홍이는 마치 어머니의 죽음마저 게임의 한 장면인 듯 대수롭지 않게 여기는 듯했어요.

엄마의 죽음을 보면서도 현실로 인식하지 않고 게임이라는 독에 빠진 재홍이. 어떻게 그 중독 상황에서 벗어날 수 있을까요?

독에 빠진 우리 모두의 이야기

선영이, 경현이, 재홍이와 어머니의 사연이 특별한 누군가의 이야기라고 생각하실지 모르겠어요. '아, 이런 사람도 있구나.' '안타깝다.' '이 사회가 문제야'라며 나와는 상관없는 다른 세상 이야기인 듯 말이죠.

"전 세계 인구의 95퍼센트가 중독에 빠져 있죠. 아직 나는 중독에 빠지지 않은 5퍼센트의 사람들은 만나보질 못했어요."

어느 정신과 의사의 말입니다. 맞아요. 사회를 구성하는 수많은 사람이 종류와 깊이는 다르지만 모두 '독'에 빠져 있어요. 영·유아부터 노인에 이르기까지 누구 하나 빠짐없이 무언가에 중독되어 있어요.

10년이 넘게 청소년과 학부모를 1,000명 이상 만났습니다. 모두가 중독으로 고통받고 있었어요. 뭔가에 중독된 부모, 그리고 이내 아이들까지 중독의 덫에 걸리게 만든 사람들의 이야기. 부모가 주지 못한 결핍을 채우려고 달콤한 자극에 빠져가는 청소년들의 이야기. 사회가 쥐여주는 자극에 중독되어 살아가는 아이들 이야기. 그리고 그렇게 자란 어른들의 이야기. 특별한 듯 보이지만 사실 우리 모두의 이야기죠.

어떤 사람들은 이렇게 말해요.

"굳이 중독에서 벗어나야 할 이유가 있어? 즐거우면 그만이지."

하지만 그 즐거움이 삶을 좀먹는다면? 거기서 그치지 않고 내 아이와 가정 그리고 사회를 병들게 한다면? 과연 그런 즐거움이 진짜 즐거움일까요?

지금이라도 우리가 왜 중독되어 살아가는지 알아야 해요. 독에 빠져 죽어가는 다음 세대와 그들이 이끌 이 나라의 미래를 위해.

중독은 중독자만 죽이는 게 아니다.

중독은 가족과 아이들,

그리고 중독자를 도우려 하는 사람들도 죽인다!

— 익명의 누군가

중독의 실체는 무엇일까?

중독은 정신적 고통의 증상, 신호다.

중독은 고통을 표현하는 언어이며

따라서 마땅히 이해받아야 한다.

— 앨리스 밀러Alice Miller

II

중독이란 무엇인가?

벌거벗은 임금님

어느 왕국에 임금님이 살고 있었어요. 그런데 임금님은 왕국을 다스리는 일보다 꾸미고 치장하는 데 더 관심이 많았죠. 날마다 새 옷을 지어 입고, 신하들을 시켜 다른 왕국의 아름다운 옷을 구해 오게 했어요. 한 번 입은 옷은 다시 입지 않았고, 날마다 새로운 옷을 입어야 만족했어요.

그러던 어느 날, 더 이상 아름다운 옷을 찾지 못하게 된 임금님은 마음에 꼭 드는 옷을 지어줄 사람을 찾기 시작했어요. 의상 디자이너 공개 오디션이 열린 셈이죠. 소식을 들은 사기꾼 재단사 두 명이 임금님을 찾아갔어요. 그러고는 세상 어느 누구도 입어본 적 없는 아름다운 옷을 만들어주겠다고 큰소리쳤어요. 임금님은 금은보화를 주며 하루라도 빨리 그 옷을 입게 해달라고 졸랐어요. 하지만 기다리고 또 기다려도 옷이 완성되지 않자, 조바심이 난 임금님은 재단사들을 찾아갔어요.

그런데 이게 어찌 된 일일까요? 어디에도 옷감은 보이지 않았어요. 그런데 사기꾼 재단사들은 열심히 재봉틀을 돌리고 있었죠. 재단사들은 임금님에게 달콤하게 말했어요.

"임금님, 이 옷감은 어리석은 사람 눈에는 보이지 않는 신기하고 놀라운 옷감입니다. 어떠십니까? 이렇게 아름다운 옷감을 보신 적 있나요?"

아무리 눈을 비벼도 보이는 게 없었지만 임금님은 자신이 어리석어 옷감이 보이지 않는다고 생각할 것이 두려워 얼버무렸어요.

"내 평생 이렇게 아름다운 옷감은 본 적이 없구나."

얼마 지나지 않아 사기꾼 재단사들은 옷이 완성되었다며 왕궁으로 찾아왔어요. 여전히 옷은 보이지 않았죠. 신하들 눈에도 마찬가지였지만 모두 제 어리석음이 들통날까 두려워 옷이 아름답다며 앞다퉈 극찬을 했습니다.

임금님은 불안한 마음을 감추고 보이지 않는 옷을 입었고, 왕궁 밖으로 나가 백성들 앞에 섰어요.

"임금님께서 입은 옷은 어리석은 자들의 눈에는 보이지 않는 옷이다!"

사기꾼들의 말에 백성들도 환호했어요. 그런데 그때, 어린 아이 하나가 임금님을 가리키며 큰 소리로 외쳤죠.

"임금님이 벌거벗었다! 부끄러워라!"

사람들은 모두 당황하고 말았어요.

'벌거벗은 임금'은 뭔가에 중독된 사회를 아주 잘 표현한 동화예요. 날마다 새 옷을 입어야 만족감을 느끼는 임금과 그 만족을 위해 거짓말을 한 사기꾼 재단사들, 그리고 아무도 잘못된 일을 말하지 않는 사회. 하지만 단 한 사람, 바른 말을 하는 용감한 아이.

임금은 왜 날마다 새 옷을 입으려 했을까요? 왜 보이지도 않는 옷감을 보인다고 했을까요? 왜 보이지도 않는 옷을 입고 거리에 나서게 되었을까요?

이 질문들이 바로 중독을 해석해주는 시작점이 될 것입니다.

결핍과 욕구

먹고 있어도 배가 고파요

—미선이 이야기—

열일곱 살 미선이와 상담할 때는 늘 간식을 준비합니다. 군것질을 하면서도 배가 고프다는 미선이는 고도 비만으로 건강에 빨간 신호가 들어온 상태예요. 그 때문에 우울증에 걸리고 친구 관계에도 어려움이 생겨 상담을 받기 시작했죠.

미선이의 부모님은 모두 좋은 직장에 다녀 집안 형편은 어려울 게 없었어요. 하지만 부모님이 너무 바빠 미선이는 아주 어릴 때부터 밤늦게까지 돌봄 시설에 맡겨졌어요. 상담을 받기 직전까지도 수많은 학원을 돌며 시간을 보내고 있었지요. 학원에서 학원으로 이동할 때마다 편의점에서 끼니를 때우는 것이 미선이의 일상이었습니다. 언제부턴가 미선이는 항상 간식을 갖고 다니면서 먹기 시작했고, 시간이 날 때마다 유튜브 먹방(음식 먹는 방송)을 보며 따라 먹기 일쑤였죠.

"먹고 있어도 배가 고파요."

미선이는 정말 배가 고픈 걸까요?

아이는 출생과 동시에 본능적으로 엄마 젖을 찾아요. 연신 울다가도 엄마 젖을 물면 울음을 그치죠. 배고픔이라는 '결핍'을 채우려고 '울음'이라는 생존 방법을 택한 겁니다. 이는 곧 사람이라면 누구나 반드시 채워야 하는 결핍을 갖고 태어난다는 의미이기도 해요. '근원적 결핍'이라는 말로 표현할 수 있어요.

근원적 결핍은 생존에 중요한 요소예요. 사람은 이 결핍을 채우기 위해 욕구를 발산하고, 그 욕구를 통해 근원적 결핍을 채우며 살아가기 때문이죠. 이 결핍을 무엇으로 채우는지가 굉장히 중요해요. 빈 구멍들이 긍정적인 자극으로 채워지면 다행이지만, 반대로 왜곡된 자극들로 구멍을 채우면 결국 우리 삶은 시들시들 죽어가게 되기 때문입니다.

저명한 심리학자 에이브러햄 매슬로Abraham Maslow가 이 '근원적 결핍'을 채우려는 인간의 '욕구'를 이론으로 정리했어요. 그에 따르면 인간의 행동은 기본적인 욕구와 일치한다고 해요.

매슬로는 욕구를 5단계로 나누고, 크게 하위 욕구와 상위 욕구로 구분했어요. 5단계 가운데 세 가지가 하위 욕구인데, 이는 결핍 욕구라고도 합니다. 특히 하위 욕구는 청소년기 중독과 관련이 깊기 때문에 잘 살펴보아야 해요.

하위 욕구의 첫 번째는 생리적 욕구예요. 식욕, 성욕, 수면욕 등이 여기에 속합니다. 이 욕구가 채워져야 다음 단계인 안전 욕구로 넘어가게 돼요.

두 번째는 안전 욕구에요. 편안함, 안전, 안정감 등이 해당됩니다. 마찬가지로 이 욕구도 결핍이 채워져야 다음 단계인 애정·소속감 욕구로 넘어갈 수 있어요.

세 번째는 애정·소속감의 욕구예요. 이 욕구는 가족이나 연인, 친구 등 사회적 관계를 바탕으로 해요. 여기까지를 결핍 욕구라고 해요. 결핍 욕구는 사람이 세상에 나오면서부터 갖는 기본적인 욕구입니다.

여기서 살펴볼 것은 이 세 가지 하위 욕구들은 스스로 결핍을 해결할 수 없는 시기, 즉 주변 어른 같은 의존 대상이 채워줘야 하는 영·유아기부터 청소년기 사이에 충족되어야 한다는 점이에요. 가장 기본적인 의존 대상이 누군지 아시겠죠? 바로 부모예요.

우리는 태어나면서부터 갖게 된 근원적 결핍으로 강력한 욕구를 발현해요. 그 욕구를 발견하고 적절한 자극으로 채워줄 사람이 부모라는 거죠. 하지만 부모가 그렇게 하지 못한다면? 결핍에 건강하지 않은 자극이 채워지고, 그 자극을 바탕으로 삶의 기본 행동들, 곧 준거 체계가 결정됩니다.

앞서 만난 미선이에게도 근원적 결핍이 있었어요. 그런데 부모는 맞벌이를 이유로 미선이의 결핍을 건강한 방법으로 채워주지 못한 거예요. 충족되지 못한 결핍에 음식이라는 자극이 들어오자, 배가 부른 느낌이 마치 결핍을 채워주는 듯한 자극으로 경험(인식)된 거예요. 그 뒤로 음식으로는 절대 채울 수 없는 근원적 결핍에서 부모의 사랑이라는 구체적 결핍이 가지를 뻗어 나왔고, 부모의 사랑으로 허기를 채우고 싶을 때마다 음식을 채워 넣게 된 거죠. 이것이 바로 중독이에요.

벌거벗은 임금님의 중독 심리

벌거벗은 임금님에게도 근원적 결핍이 있었을 거예요. 하지만 임금의 부모는 무슨 이유였는지 그 결핍을 채워주지 못했나봐요. 어쩌면 부모가 마땅히 줘야 하는 적절한 자극이 아니라, 아들을 후계자로만 보고 부정적인 자극들로 채웠을 가능성도 있어요. 그렇게 경험한 자극을 바탕으로 임금은 삶을 대하는 준거 체계를 세웠고, 그것이 매일 새로운 옷을 입어야 살아 있다고 느끼는 중독 현상으로 나타난 거죠. 새 옷에 중독된 임금님은 그렇게 만들어진 것이죠.

반복성·습관성·의존성

중독을 판단하는 기준은 세 가지가 있어요. 첫 번째는 반복성이에요. 결핍된 가운데 얻는 자극이 좋아서 그 자극을 반복하는 거죠. 매일 새 옷을 입은 임금님처럼요.

두 번째는 의식하지 않는 사이에 자극을 경험하는 습관성이에요. 매일 새 옷을 입어야 하는 자신을 불편하게 느끼지 않는 모습이 그것이죠.

세 번째는 의존성이에요. 이 특성 때문에 자극이 없으면 일상생활을 하기가 어려워지는 것입니다. 왕국을 다스려야 할 임금이 치장에만 몰두해, 급기야 새 옷을 입지 않으면 생활이 불가능한 것이 이에 해당해요.

세 가지 조건에 모두 해당하는 벌거벗은 임금은 중독자일 확률이 높아요.

이처럼 중독은 인간이 갖고 있는 근원적 결핍이 건강하지 않은 특정 자극으로 경험을 쌓아, 그 자극에 깊이 빠지는 것이라고 설명할 수 있어요.

즉각적 만족과 지연된 만족

모든 생명체는 행복을 추구합니다. 행복은 기본적으로 원하는 것을 얻을 때 느끼는 감정이죠. 모든 사람은 욕구를 채우고 싶어 하는데, 기본적 욕구는 가장 일차적인 생리 욕구를 말해요. 허기를 채우려는 욕구, 성적 욕구, 사랑받고 싶은 욕구 등이죠. 사람들은 이런 욕구를 빠르고 강하게 채우고 싶어 합니다. 이러한 것을 즉각적 만족이라고 해요.

반면에 지연된 만족도 있습니다. 어린 시절 아버지의 구두를 닦아드리고 용돈을 받은 기억이 있습니다. 또 방학 때 천자문을 매일 50자씩 외우면 용돈을 받기도 했습니다. 용돈이라는 만족은 당장 얻는 것이 아니라 구두를 닦거나 천자문을 외우는 노력을 하고 나서야 생깁니다. 그러니까 욕구 충족을 지연시키면서 현실적인 의무를 이행하고, 이후에 큰 보상을 얻는 원리예요.

일반적으로 중독이란 즉각적 만족에 과도하게 빠져버리는 경우를 말해요. 즉각적 만족에선 어떤 행위를 할 때 바로 강력한 도파민이 분비되고, 뇌가 이 과정을 기억합니다. 그러나 당장의 보상을 미뤄야 하는 지연된 만족 행위는 점차 줄어들

수밖에 없겠죠.

청소년기는 호르몬 분비로 즉각적 만족의 욕구가 가장 높아지는 시기입니다. 이때 즉각적 만족을 건강하게 충족시키면서, 지연된 만족에도 노력을 기울이도록 적절한 환경을 갖춰야 하는데, 가정이라는 공동체가 경제 공동체로 변질되어버린 요즘 세상에선 그렇지 못한 경우가 많죠. 결과적으로 청소년들이 중독에 취약한 환경에 놓인 셈이고요.

벌거벗은 임금님의 부모는 아마도 나라를 다스리느라 바쁜 나날을 보냈을 거예요. 그래서 아들의 지연된 만족을 채워주기 위해 계획하고 수행하는 시간보다는 즉각적 만족들만 충족시켜주었을지도 모르겠어요. 그래서 중독에 빠졌을 가능성이 높아요.

벌거벗은 임금님이 즉각적인 만족에만 집착하게 된 상태를 제대로 이해하면 중독의 본질을 이해할 수 있어요.

때로 주체하지 못하고 마시는 술은

전혀 기쁘지 않다.

내 인생과 명성, 그리고 이성을 위험에 빠뜨리는 행위는

기쁨을 바라고 하는 것이 아니었다.

단지 몹시 괴로운 기억과 참을 수 없는 외로움,

그리고 위험이 눈앞에 닥쳤을 것이라는

막연한 두려움으로부터 도망치려는

절박한 노력이었다.

— 에드거 앨런 포 Edgar Allan Poe

중독자는 제 몸을 써서

사회를 향해 무언가 잘못되었다고 말한다.

— 스텔라 애들러Stella Adler

III

중독의 원인

핑크 대왕 퍼시

분홍색에 집착하는 퍼시 대왕은 궁전은 물론 궁궐 안 모든 물건을 분홍색으로 만들었어요. 심지어 음식도 전부 분홍색 음식만 만들어 먹었죠. 그것만으로는 성에 차지 않은 퍼시 대왕은 나라의 모든 것을 분홍색으로 바꾸라는 법을 만들어 선포했어요. 백성들은 살림살이를 몽땅 분홍색으로 바꿔야 했고, 퍼시 대왕은 군대를 동원해 산과 나무, 동물까지 분홍색으로 칠하거나 물들이게 했어요.

그러나 아무리 애를 써도 바꿀 수 없는 게 한 가지 있었어요. 바로 하늘이었죠. 아무리 군사력이 강하고 권세를 갖고 있어도 새파란 하늘만큼은 분홍색으로 바꿀 수가 없었어요. 고민하고 또 고민해도 문제를 해결할 수 없었던 퍼시 대왕은 스승을 찾아가 방법을 찾아달라고 요청했어요. 깊은 고민 끝에 스승은 방법을 찾아냈어요. 그는 퍼시 대왕에게 이렇게 말했죠.

"내 이미 하늘을 분홍색으로 바꿔놓았으니, 이 안경을 써 보게나."

퍼시 대왕은 안경을 받아 썼어요. 그러자 놀랍게도 하늘이 분홍색으로 물들어 있었어요.

세상이 전부 분홍색이기를 바라는 퍼시 대왕처럼 우리 모두에게는 결핍을 채우려는 욕구가 있어요. 그런데 중요한 것은 그 결핍을, 욕구를 채우는 방법이에요. 다시 말해 어떤 색 안경을 선택하는지에 따라 '중독'의 내용과 깊이가 결정이 된다는 뜻이에요.

밑 빠진 독에 물 붓기

불량 식품

딸아이가 세 살이 될 때까지 몸에 나쁜 불량 식품은 먹이지 않았어요. 그런데 어느 날, 이웃이 그 자리에서 까주는 캐러멜은 차마 막을 수 없었죠. 캐러멜을 머금은 딸은 태어나서 한 번도 먹어본 적 없는 놀라운 단맛에 얼굴 가득 황홀함을 표현했죠. 그 뒤로 딸은 부모가 주는 밍밍한 간식은 잘 먹지 않았어요. 그렇게 세 살 무렵 아이는 불량 식품의 단맛에 깊이 빠져버렸어요.

어느 가족의 웃기고도 슬픈 사연으로 들릴 수 있으나, 사실 중독에 빠지는 청소년들 대부분이 이렇게 가벼운 이유로 중독의 원인이 되는 자극을 접합니다. 아무렇지 않게 접하는 문화나 현상이 자극이 되고, 그 자극을 잊지 못해 반복적으로 자극을 찾는 것, 그것이 바로 중독이니까요.

요즘에는 식당만 가도 아무렇지 않게 중독 요인에 노출되는 어린이들을 보게 돼요. 단란한 가족의 식사 자리에서 부모는 맛있게 밥을 먹고, 그 옆에 꼼짝 않고 앉아 스마트폰 화면에 시선을 붙박은 어린아이들을 어렵지 않게 볼 수 있죠. 부모들이 설마 아이가 스마트폰에 중독될 것을 알고 손에 전화기를 쥐여주었을까요? 그저 식사 자리를 편안하게 하려는 가벼운 마음으로 주었을 거예요. 그러나 이렇게 가볍게 경험되는 자극들이 우리를 중독에 빠뜨리는 독이라는 사실을 기억해야 해요. 우리의 어린 입맛을 훔쳤던 불량 식품처럼 말이죠.

어린 시절 비디오테이프로 영화를 보던 때, 친구네 집에 비디오가 두 대나 있었어요. 그 친구는 종종 부모님이 빌려오는 '청소년 관람 불가' 영화를 빈 테이프에 녹화해 학교에 가져왔어요. 친구들은 돈을 주고 그 테이프를 빌려 보게 되었죠. '청소년 관람 불가' 영화에 푹 빠져버린 명현이라는 친구는 새 테이프가 등장할 때마다 첫 번째로 빌려갔어요. 명현이는 지금 어떻게 지내고 있을까요?

중학교 3학년 정훈이는 2학년이 될 때까지 스마트폰이 없었어요. 중독을 걱정한 부모님이 사주지 않았기 때문이에요. 그러던 중에 스마트폰이 없다는 이유로 친구들이 정훈이를 놀리기 시작했고, 부모님은 달갑지 않은 마음으로 스마트폰을 사주었죠. 머지않아 정훈이는 친구들과 함께 게임에 눈을 떴고, 지금은 스마트폰 게임에 중독되어 하루에 8~9시간씩 게임을 하고 있어요.

고등학교 2학년 때 자퇴를 한 선우는 심각한 도박 중독으로 정상적인 생활을 하지 못하고 있어요. 평일 낮에는 종일 불법 도박 사이트에 접속해 도박을 하고, 밤에는 오토바이로 배달 아르바이트를 하지요. 선우가 불법 스포츠 도박을 처음 접한 것은 중학교 2학년 때예요. 놀이터에서 친구들과 놀고 있는데, 한 친구가 불법 스포츠 도박을 하고 있었어요. 옆에서 보던 선우도 친구가 보내준 도박 사이트 링크에 접속해 투자를 해보았고, 5,000원으로 10만 원을 땄어요. 그러고는 도박을 끊지 못하고 있어요.

세상에 나오는 순간부터 갖게 되는 근원적 결핍. 사회가 가감 없이 쥐여준 달콤한 자극으로 이런 불만족을 채우다 중독에 빠진 아이들 이야기예요. 중독된 아이들이 느끼는 자극들은 굉장히 달콤해요. 우리가 어린 시절 싼값에 먹던 향신료 범벅 불량 식품처럼요.

영·유아기와 청소년기는 자극을 추구하는 시기예요. 근원적 결핍을 채우려는 욕구가 가장 강한 때죠. 정신분석학의 창시자 지크문트 프로이트Sigmund Freud는 성적 본능을 뜻하는 '리비도' 개념으로 이를 해석했어요. 사람은 누구나 성적 본능인 리비도를 갖고 태어나는데, 그 리비도를 해결하기 위해 삶을 결정한다는 것이었죠. 아이들은 자극을 좇으면서 살고, 청소년기는 그 자극을 채우고 싶은 욕구가 극대화되는 시기라는 거예요. 이 말은 곧 자극에 쉽게 빠지는 시기에 어떤 문화를 경험하느냐가 중요하다는 의미가 됩니다. 청소년이 중독에 빠지는 결정적인 원인으로 작동하니까요.

부모의 자극 결핍

“신이 모든 곳에 있을 수 없어서 어머니를 보내주었다”는 유명한 말이 있지요. 그만큼 부모가 자녀에게 미치는 영향력이 크다는 뜻이에요. 지금의 부모 세대에게 ‘부모’는 굉장히 중요한 존재였다는 것을 부정할 수 없어요. “어머니는 짜장면이 싫다고 하셨어”라며 울부짖듯 노래한 어느 가수의 노랫말처럼 그 시대 부모들은 자식 입에 들어가는 것이라면 아끼지 않으면서 헌신했기 때문이죠. 그렇기에 ‘부모’라는 단어만으로도 마음에 큰 울림을 주었어요. 그런데 지금은 어떨까요?

“왜 하필 부모님을 보내주었을까요?” 속상하게도 이 명언을 접한 청소년들의 반응은 그다지 감동적이지 않았어요. “책상에 앉아 공부하는 모든 순간을 감독할 수 없어서 학원에 보내주셨다”는 말이 더 어울리는 시대가 되었죠.

급격한 산업화와 경쟁 시대를 지내며 성공하기까지, 지금 청소년의 조부모들은 살아남기 위해, 또는 재산을 더 많이 쌓기 위해 ‘휴식’보다는 ‘일’을 선택해야만 했어요. 그렇게 생존을 다투며 살아온 조부모와 부모 들 사이엔 갈등이 생겨났고, 젊은 부모들은 자식이 자기와 같은 삶을 살게 하지 않기 위해 아이들을 학원으로 내몰게 됐어요.

성공을 꿈꾸며 대치동 학원가를 전전하는 수많은 금수저 학생들, 그리고 부모의 실패로 저소득층이 된 아이들의 식생활을 다룬 신문 기사가 있었어요. 저소득층 아이들은 급식카드를 가지고 편의점에서 끼니를 해결하고, 대치동 아이들은 엄마의 신용 카드를 손에 쥐고 편의점에서 끼니를 해결하고 있다는 내용이었습니다.

사회적인 성공 기준에 미치지 못한 집이건, 그 성공을 쫓아 살아가는 집이건 아이들은 제대로 된 밥을 챙겨 먹지 못하는 현실입니다. 성공과는 까마득히 멀어져버린 부모들은 급기야 자식에게 기본적으로 해주어야 할 것들마저 포기하고, 아이가 성공하기만을 원하는 부모는 자식에게 고작 학원 투어를 시킬 뿐이라는 것이죠.

조선 시대 문인 한석봉의 이야기에서도 결핍을 엿볼 수 있어요. 한석봉은 세 살에 아버지를 여의었는데 열다섯 살 때 할아버지마저 세상을 떠나셨어요. 가세는 급격히 기울었지만 워낙 명필이던 한석봉은 열심히 노력했고, 어머니의 권유로 절에 들어가 공부를 하게 되었어요. 절에 들어간 지 4년이 지났을 무렵, 한석봉은 몹시 그리운 마음에 어머니를 찾아갔어요. 그러나 어머니는 그런 아들을 꾸짖으며 불을 끄고 글을 쓰게 했죠. 어머니의 시험을 통과하지 못한 한석봉은 다시 절로 돌아가 공부를 이어갔다는 이야기예요.

흔히 한석봉의 어머니는 자식을 성공시킨 뛰어난 어머니로 여겨지지요. 과연 그럴까요? 자식을 성공시키기는 했지만, 어머니가 보고 싶어 한걸음에 집으로 달려온 아들의 애절한 마음은 어루만져주지 못했어요. 한때 이 이야기는 부모의 교육 철학을 강조하는 훌륭한 사례였지만, 세상이 달라진 이 시대에는 자칫하다 중독을 불러일으키는 결핍의 시작일 수도 있는 사례예요.

이 시대의 부모도 자녀의 성공을 위해 많은 것을 포기하며 살아가는 건 매한가지지요. 그런데 지금 우리 아이들에게 필요한 것은 부모님과 같이 먹는 따뜻한 저녁 식사일지도 몰라요.

부모에게서 충족해야 할 정서적 결핍이 채워지지 않으니 아이들이 다른 것으로 결핍을 채우게 되는 것입니다.

고등학교 2학년 명수는 심각한 도박 중독이에요. 부모님과 함께 살긴 하지만 엄마 아빠가 갈라서기 일보 직전인 역기능 가정이에요. 제대로 소통하는 방법을 모르는 아버지, 경제적인 문제로 언제나 예민한 어머니. 그 밑에서 자란 명수는 어려서부터 많은 것을 혼자 알아서 해야 했어요. 그러던 중 친구들과 별 생각 없이 접속한 불법 도박 사이트에서 몇 만 원을 딴 이후, 거의 3년째 불법 도박을 하고 있어요. 지금은 빚이 800만 원이 넘어요.

중학교 3학년 혜원이는 자해에 중독됐습니다. 심각한 상황이죠. 시험 기간만 되면 특히 심하게 자해를 해요. 혜원이 부모님은 좋은 대학을 나와 좋은 직장에 다니는 엘리트예요. 혜원이도 그렇게 살기를 바라죠. 그래서 비싼 과외도 받게 하고, 혜원이에게 필요한 것이라면 뭐든 아낌없이 지원해줬어요. 하지만 부모님이 원하는 만큼 성적이 나오지 않으면 극심한 언어폭력을 퍼부었어요. 그 폭력은 고스란히 혜원이의 결핍에 왜곡된 자극이 되었죠. 그러던 중 SNS에서 누군가의 자해 사진을 보게 되었고, 혜원이도 자해를 시작했어요. 지금은 하루에도 여러 차례 자해를 하는 정도입니다.

두 아이 모두 부모가 건강한 자극을 채워주지 못한 경우입니다. 그런데 신기한 것은 두 아이의 중독 내용이 전혀 다르다는 거예요. 이유가 뭘까요? 중독이라는 결과는 같지만 결핍된 곳을 채우는 자극의 내용이 다르기 때문이에요.

결핍을 채워야만 하는 어린 시절에 부모에게서 받는 정서적인 자극은 삶의 방향을 결정하는 중요한 기준이 돼요. 그렇기 때문에 부모는 자녀의 정서를 적절한 방법으로 충족시켜줘야 합니다. 그런데 정작 부모들은 물질적으로는 충분히 채워주지만 정서적으로는 그러지 못하고 있습니다. 그래서 많은 아이들이 정서적인 기아에 허덕이고 있어요. 급기야 허기가 지면 무엇으로든 배를 채워야 하는 청소년들은 부모가 채워주지 못한 정서적인 굶주림을 해결하기 위해 중독적인 자극들을 찾아 제 속을 채워 넣고 있습니다.

"선생님, 성민이가 죽겠다는 편지를 쓰고 사라졌어요."

상담실에 걸려온 어머니의 다급한 전화에 자리에 앉을 겨를도 없이 성민이의 집으로 향했어요. 경찰이 와 있었고 신발장 앞에는 쪽지가 놓여 있었어요. 저를 괴롭힌 친구들의 이름과 함께 미안하다는 메모가 적혀 있었죠. 부랴부랴 성민이의 친구들에게 연락을 해보았으나 성민이가 어디에 있는지는 알 수가 없었죠. 그렇게 불안에 떨며 시간을 보내는 중에 성민이로부터 연락이 왔어요. 할머니 집에 있다고.

사고 없이 만나게 된 성민이에게서 이야기를 들었어요. 어머니와 단둘이 살던 성민이는 어머니의 크나큰 기대 속에서 살았어요. 굉장히 부담스러웠지만 혼자가 된 어머니가 불쌍해 제 어깨를 흔쾌히 내어주는 기특한 아이였죠. 하지만 그 이면에서는 어머니에 대한 불만족을 친구들에게 투영했어요. 친구들에게 지나치게 애정을 요구했죠. 부담을 느낀 친구들은 성민이를 거부했고, 성민이는 이를 견디지 못하고 목숨을 끊을 생각을 했어요.

전형적인 관계 중독 현상이에요. 부모가 채워줘야 할 정서적인 결핍들이 충족되지 않자, 친구가 가장 중요한 청소년기의 아이로서는 당연히 그 틈새를 친구들로 채우려 한 것이죠.

부모들도 모두 아이 시절 갖고 있던 근원적 결핍에, 저마다 제 부모에게서 얻은 정서 상태를 끌어안고 살아요. 그 정서를 바탕으로 삶의 방식을 결정하죠. 문제를 해결하는 방식, 관계를 맺는 법, 도덕성, 대화법, 음식 먹는 법 등 거의 모든 행동 양식이나 삶의 요소가 여기서 결정돼요. 또 그렇게 살아온 남자와 여자가 만나 가정을 꾸리고, 또다시 새로운 가정과 자녀의 삶의 방향이 정해지는 것이죠.

성민이 어머니도 홀어머니 밑에서 자랐어요. 아버지에게 사랑을 받아본 경험이 없는 성민이 어머니는 어른이 되어 만난 성민이 아버지에게 헌신했죠. 시간이 흘러 성민이를 갖게 되었는데, 만삭이던 어느 날 남편이 외도를 하고 있다는 사실을 알게 되었어요. 결국 이혼을 했고 성민이 어머니는 아버지에게서도, 남편에게서도 받지 못한 사랑을 딸에게 받으려는 듯 집착하며 의존했어요. 어머니가 딸에게 줘야 할 안정감을 반대로 딸이 어머니에게 줘야 하는 상황이 된 거죠. 그렇게 성민이는 어머니에게 얻지 못한 근원적 결핍을 친구들에게서 보상받으려 애썼고, 마음처럼 되지 않자 극단적인 생각을 하게 된 것이었어요.

수많은 부모가 비슷한 실수를 합니다. 정서적으로 부족한 상태, 자기의 구멍 많은 정서를 바탕으로 가치 기준을 세우고 있기 때문이에요. 여유롭지 못한 가정에서 힘들게 살아온 부모들은 물질적인 부유함에 크게 가치를 둡니다. 그래서 자식들만큼은 풍족하게 살도록 정서적인 면보다는 물질적인 부분을 먼저 챙기게 되지요. 이미 성공한 부모들은 그 가치를 최고로 여기며 자녀 역시 부를 누리길 원해요. 그래서 쌓아놓은 부를 놓치지 않을 정도의 자격을 갖춰주기 위해 밤낮으로 아이들을 네모난 감옥에 넣어두죠. 또 제 인생을 비관하는 어떤 부모는 아이의 부족한 정신과 감정은 채워주지 않은 채 부정적이고 왜곡된 사고방식과 생활 습관들만 채워주고 있어요.

이처럼 부모가 갖고 있는 결핍과 왜곡된 정서는 부모 자신뿐만 아니라 자녀까지 중독에 빠뜨리는 원인이 됩니다. '근원적 결핍'을 채우고픈 간절함, 그 빈틈을 채우는 데 급급한 청소년 시기에 어떤 색 안경을 쓰고 세상을 보는가 하는 것은 아이들이 중독에 빠지느냐, 아니냐가 달린 중요한 문제예요.

타고난 취약성

우리 뇌는 3단계로 성장하고 성숙한다고 해요. 1단계는 생존에 필요한 발달이죠. 태어나는 순간부터 스스로 숨 쉬고 살아야 하기에, 생존에 필요한 자율신경계는 이미 엄마의 배 속에서 다 만들어져 나오는 것이죠. 2단계는 감정을 담당하는 뇌의 성숙입니다. 뇌는 쾌락과 희로애락의 감정을 담당하죠. 대개 12~15세 사이 사춘기에 최대치로 발달합니다. 세 번째 단계는 대뇌피질의 발달인데요. 영장류인 사람에게서만 일어나죠. 계획하고, 조절하고, 통합하는 사고를 순조롭게 만드는 뇌의 기능입니다.

단순하게 말하자면 중독은 2단계에서 성숙하는 '감정 뇌'와 3단계에서 성숙하는 '조절 뇌'의 불균형 현상이예요. 쾌락과 즉각적 만족을 추구하는 감정 뇌가 지나치게 우세해지고, 당장의 욕구를 조절하고 앞일을 계획하게 하는 조절 뇌의 기능이 떨어진 상태를 바로 중독 상태라 설명할 수 있어요.

그런데 사람에 따라 감정 뇌와 조절 뇌의 발달 정도나 속도가 다를 수 있어요. 쾌락을 추구하는 성향, 조절을 잘하는 성향이 유전의 영향을 받는다는 것이죠. 똑같은 환경에서 자라도 타고난 기질과 성향에 따라 중독에 더 쉽게 빠지는 친구들이 있어요. 그만큼 기질 차이를 이해하는 것도 중요합니다.

처음에는 쾌락 때문에 중독되지만

시간이 갈수록 쾌락은 줄어들고

이후로는 고통을 피하기 위해 중독을 이어간다.

— 프랭크 탈리스Frank Tallis

바닥을 쳤다고 해서

그 자리에 머물러야 하는 것은

아니라는 사실을 기억하라.

— 로버트 다우니 주니어Robert Downey Jr.

IV

중독의 실체

중독의 갈래

"손가락을 빠는 것은 애정 결핍 때문이다."
"손톱을 물어뜯는 것은 분리 불안 때문이다."

아마 한 번쯤은 들어보았거나 누군가에게 했음직한 말일 거예요. 보통 중독으로 해석되는 행동 대부분은 결핍을 채우려는 행동을 반복하면서 시작되죠. 다시 말해 결핍된 부분을, 그 욕구를 무엇으로 어떻게 채우느냐에 따라 청소년기 중독의 종류가 결정되는 거예요. 그래서 중독을 구분할 때는 근원적 결핍을 채운 것들의 성격을 먼저 보는데, 크게 '물질 중독', '행위 중독', '종교 중독'으로 나누어 볼 수 있어요.

물질 중독

물질 중독은 부모로부터 건강한 자극을 받지 못한 결핍이나, 그것과는 무관하게 결핍된 자리에 부모 대신 다른 물질적 자극이 반복되는 것을 의미해요. 여기서 경험하는 물질적 자극은 우리 몸에 해로운 것들에 국한되지 않아요. 부모에게서 특정 필요 자극을 얻지 못해 생긴 결핍이 구체적으로 무엇이냐에 따라 집착하는 물질을 선택하게 됩니다. 또 물질 중독은 자극을 좇는 청소년기 아이들을 목표로 삼고 잠재적 소비자로 분류해 이들을 중독시키려 애쓰고 있어요. 지금부터 대표적인 물질 중독 사례를 살펴볼게요.

흡연 중독

청소년들은 어째서 신체와 정신의 건강을 모두 해치는 담배에 손을 뻗게 될까요?

한창 친구들과 함께 학교에서 뛰어놀 열일곱 살 정민이는 폐암으로 병원에 입원 중이에요. 아버지와 단둘이 살던 정민이는 중학교 1학년 무렵 아버지의 담배를 훔쳐 피운 것을 시작으로 담배에 빠져들었어요. 어머니와 헤어진 후 날마다 술과 담배로 지새우는 아버지를 보며 앞날이 막막했다는 정민이. 그런데 담배를 피우는 시간만큼은 만족감을 느꼈다고 해요. 담배를 피우는 양은 점점 늘어났고, 하루에 두 갑을 피우게 됐을 때부터 기침에 피가 섞여 나왔어요. 검사 결과는 가혹하게도 폐암이었어요. 그렇게 정민이는 소중한 청소년기를 항암 치료로 보내고 있어요.

중학교 2학년인 소은이는 극심한 우울증으로 여러 차례 자해를 했어요. 그래서 상담을 하게 되었는데, 소은이의 우울증은 아주 심각한 수준이었어요. 꽤 오랜 기간 상담을 해도 전혀 나아질 기미가 보이지 않았죠. 이유가 무엇이었을까요? 소은이는 흡연 중독이었어요. 미국의 연구 결과를 보면 우울증에 걸린 청소년이 흡연을 하면 항우울 치료 효과를 보기 어렵고, 우울증이 재발할 확률도 높아진다고 해요. 소은이의 우울증이 나아지지 않는 이유 역시 흡연 때문이었어요.

2018년 질병관리본부에서 청소년 8,150명을 조사한 결과를 보지요. 처음 흡연을 시작하는 이유 중 1위는 '호기심'이었어요. 응답자의 50.8퍼센트가 '호기심'이라고 답했죠. 그 다음이 친구의 권유, 스트레스 해소 등이었어요. 앞서 살펴본 중독의 첫 번째 원인인 사회·문화적 자극을 받았다는 거예요.

흡연 중독의 원인

죽음을 향한 호기심

2016년까지 청소년 흡연율은 점차 낮아져 6.3퍼센트로 역대 최저치를 보여줬어요. 그런데 2017년 이후 다시 청소년 흡연율이 증가하고 있어요. 연구자들은 궐련형 전자 담배 보급과 담배 회사의 홍보 전략을 원인으로 파악하고 있어요.

"편의점에 자주 가는데, 계산을 할 때마다 담배 진열대가 눈에 띄다 보니 한번 피워보고 싶어졌어요."

실제로 대한금연학회에서 조사한 결과 청소년들은 담배에 호기심을 많이 느끼는 장소로 편의점을 꼽았어요. 편의점 계산대 앞에 서면 사람들의 시선은 곧바로 점원 뒤에 가지런히 늘어선 담배와 담배 광고로 향하게 돼요.

오늘의 십대가 내일의 잠재 고객이다.
— 필립 모리스 내부 문건(1981년)

우리의 비즈니스 대상은 고등학생이다.

— RJ 레이놀즈 내부 문건(1978년)

이렇게 청소년을 잠재적 소비자로 보고 마케팅 대상으로 공략하는 것은 이미 공공연한 사실이에요. 최근에는 흡연자의 사망률이 높아져 우리나라에서도 흡연 관련 사망자 수가 연간 6만 명이 넘는다고 해요. 그만큼 담배 회사는 '신규 흡연자'를 발굴해야 했고, 담배에 호기심이 많은 사람, 성인보다 담배 소비 기간이 긴 청소년을 목표로 삼았죠. 돈에 눈이 멀어 청소년의 건강까지 저당 잡는 담배 회사들의 비도덕성과 새로운 자극에 호기심을 보이는 청소년의 태도가 결국 죽음을 불러오고 있어요.

관계의 연결 고리

청소년 흡연자는 대부분 친구들과 함께 담배를 피우기 시작해요. 이미 흡연을 하는 친구가 자연스럽게 권하고, 또래 관계를 중시하는 청소년들은 거리낌 없이 담배를 받아 들죠. 친구와 관계를 유지하는 연결 고리로 담배를 택하게 되는 거예요.

"친구들과 함께 있으려면 담배를 피울 수밖에 없어요. 저 혼자 멀뚱하게 있을 수는 없잖아요."

특히 새 학기가 되면 더 그렇죠. 학교에서 얼굴만 알고 지내다가 같은 반이 되어 새롭게 친구가 된다든지, 그럴 때 좀 강해 보이고 싶으면 자연스럽게 흡연에 동참하게 돼요. 어른들의 눈을 피해 틈틈이 같이 피우다 보면 쉽게 친해지죠. 아이들과 가까워지려고 '담배 조공'을 하기도 해요. 그만큼 호응도 높아지죠. 전학 온 아이들이 같이 어울리는 방법 중 하나도 같이 담배를 피우는 거예요. 어른들이 술 한잔하며 친해지는 것처럼 말이에요.

스트레스 배출구

경쟁 시대를 살아가는 청소년들은 학업이나 진로 문제 때문에 스트레스가 많아요. 반면에 이 스트레스를 마음껏 해소할 만한 여건은 갖춰지지 않았죠. 그래서 많은 아이들이 스트레스를 해소하는 방법으로 흡연을 택하고 있어요.

"담배 연기를 한껏 마셨다 내뿜으면 스트레스가 같이 나가는 거 같아요."

실제로 학교 화장실이나 한적한 공원에서 여럿이 어울려 담배를 피우면서 이야기 나누는 것으로 스트레스를 풀어요. 수업은 집중하기 어렵고, 학업이나 학교 활동에서 오는 스트레스를 그렇게 푸는 거예요.

어른이 되는 치트 키

청소년기는 어른이 되고 싶은 욕구가 가장 높은 시기예요. 그런 그들의 눈에 어른들의 행동이 좋은 쪽이든 나쁜 쪽이든 모델이 되죠. 담배를 피우는 부모나 유명인은 아이들에게 손쉽게 어른이 될 수 있게 해주는 스위치 역할을 하고 있어요. 그래서 청소년들은 위험을 무릅쓰면서 흡연을 하는 거예요.

학교에서 강하게 보이고 싶어서 담배를 피운다는 아이들이 많아요. 어른들이 즐기는 담배나 폼 나는 외국 담배를 피우면서 강해 보이고 싶은 거죠. 또 전자 담배라든지, 또래 앞에서 일부러 비싼 담배를 피우면서 은근히 어른 티를 내기도 해요.

청소년 흡연의 위험성

신체적 위험

담배에는 화학 물질 4,000여 가지와 발암 물질이 다량 포함되어 있습니다. 이러한 담배는 신체적으로 아직 미완성 상태인 청소년에게 더 큰 피해를 주고 있어요. 실제로 15세 이전에 흡연을 시작한 사람의 폐암 사망률이 25세 이후에 흡연을 시작한 사람보다 네 배 가까이 높아요.

또 담배의 유해 물질은 혈액의 헤모글로빈과 산소 결합을 방해합니다. 그 결과 인체에 산소 공급률을 떨어뜨려 청소년기의 신체 성장을 크게 방해해요.

이외에도 니코틴은 칼슘 흡수를 방해하고 성장판의 혈관을 수축시켜 골격 성장을 방해합니다. 또 흡연을 하면 뇌세포가 파괴돼 기억력은 물론 집중력이 감퇴하기 때문에 학습 능력이 현저하게 떨어져요.

어떤 친구들은 집에서 식구들이 모두 잠들기를 기다렸다가 한밤중에 몰래 담배를 피우기도 하죠. 그러다 보면 자연히 취침 시간이 늦어지고 아침에는 일찍 일어나야 하니 항상 수면 시간이 부족해 성장에 지장을 주기도 하죠.

정신적 위험

청소년의 흡연은 우울증과 연관이 크다는 연구 결과가 있어요. 담배를 피우는 청소년은 자살 확률이 높아요. 무엇보다 심각한 것은 니코틴 의존증이에요. 다른 약물 남용, 음주 등을 불러일으키는 촉매가 되기도 합니다.

담배를 사려고 거짓말로 돈을 타내기도 하고, 친구들에게 돈을 빼앗기도 하지요. 스트레스를 풀려고 피우던 담배가 나중에는 제때 담배를 사지 못하거나 피우지 못해 더 큰 스트레스가 되기도 해요.

담배를 피우고 싶어서 수업에 집중하지 못하고 선생님에게 거짓말을 해 교실을 빠져나갑니다. 그렇게 졸업한 뒤에는 자연스럽게 더 흡연에 몰입하면서 술이나 다른 유흥에 빠지게 되지요.

흡연은 다음과 같은 단계를 거쳐 중독됩니다.

흡연 충동

주변 성인이나 미디어에 등장하는 유명인의
흡연 모습을 보며 충동을 경험하는 단계

흡연 경험

또래와 어울리며 호기심으로 흡연을 시도하는 단계

재흡연 경험

첫 번째 흡연 단계와 비슷한 상황,
혹은 스트레스 상황에서만 흡연하는 단계

흡연 습관

니코틴에 중독되어 매일 담배를 피우고,
흡연량을 줄이면 금단 증상이 생기는 단계
곧 흡연 중독 단계

각 단계마다 흡연 의존도에 차이를 보입니다. 이 말은 곧, 흡연 의존도가 높지 않은 시기에 흡연을 경험 또는 시도하는 상황이 발생하지 않게 하면 금연 가능성을 높일 수 있다는 거예요.

청소년은 성인보다 흡연량이 적더라도 니코틴 의존도가 높아진다고 해요. 따라서 흡연 초기에 금연을 시작하는 것이 청소년 흡연을 막는 효과적인 방법이에요.

흡연은 건강과 직결되는 물질 중독의 대표 격이에요. 이 사실을 알면서도 바르게 대처하지 않으면 청소년들은 흡연 중독에 노출되어 건강을 잃게 됩니다.

알코올 중독의 원인

보건복지부가 2012년 발표한 통계에 따르면 한국 청소년 음주율은 19.4퍼센트, 흡연율 11.4퍼센트보다 8퍼센트 높게 나타났어요.

술집이든 길에서든 담배를 피우는 청소년을 어렵지 않게 발견하게 되지요. 그러나 음주는 달라요. 청소년들은 어른들이 보지 않는 곳에서 술을 마시기 때문에 쉽사리 눈에 띄지 않아요.

해가 저물면 아파트 옥상이나 공터 등에 모여서 술, 담배를 즐기는 청소년들이 많아요. 밤늦은 시간에 이들이 남긴 음주 흔적을 치우는 건 경비 아저씨들 몫이에요.

공원도 마찬가지예요. 저녁 늦게 산책하던 사람들이 집으로 돌아가면 청소년들이 그 자리를 채우지요. 마음 붙일 곳 없는 아이들이 모여 놀면서 술을 마시기도 해요.

중학교 3학년인 소연이와 민주가 경찰서에 있다는 연락을 받았어요. 달려가 보니 두 아이가 이미 꽤 오랫동안 동네 편의점에서 술을 훔쳐서, 벼르고 있던 편의점 사장님에게 붙잡힌 거였어요. 술은 먹고 싶은데 파는 곳을 못 찾아 절도까지 하게 된 거예요.

2019년 1월 6일, 최근 7년 동안 청소년 알코올 중독자가 두 배 넘게 증가했고, 같은 기간에 알코올 중독 환자 수는 1만 명이 넘어섰다는 보도가 있었어요.

2017년 건강 행태 온라인 조사에 따르면, 술을 마시는 청소년 중 30일 동안 1회 음주량이 소주 다섯 잔(여자 석 잔) 이상인 청소년의 위험 음주율은 53퍼센트로 두 명 중 한 명 꼴이었고, 첫 음주 경험을 한 나이는 13.2세였어요.

그렇다면 청소년들이 술을 먹는 이유는 무엇일까요?

놀이처럼 친숙해진 음주 문화

술은 어른에게 배워야 한다는 말을 들어보았을 거예요. 술버릇을 잘 들여야 한다는 좋은 취지의 말이지만 반대로 부작용도 있어요. 이 말과 함께 부모가 아이에게 술을 권하는 경우가 꽤 많거든요. 술을 어른에게 배워야 한다는 말이 아직 자극을 통제할 수 없는 청소년에게 해당하는 말은 아닌데, 꽤 많은 부모가 청소년 자녀에게 술을 권하곤 해요.

이렇게 청소년들은 집에서 가장 먼저 음주를 접해요. 자연스럽게 술은 괜찮다는 인식이 청소년들의 정서에 자리 잡죠. 또 다른 이유는 술을 마시면 어른스러워 보인다는 잘못된 인식 때문입니다. 어른스러워 보인다, 청소년에게는 굉장히 매력적인 요인입니다.

때로는 집에서 부모가 마시고 남긴 술을 자연스럽게 맛보기도 해요. 굳이 부모가 권하지 않아도 어른들의 술 문화를 흉내 내기도 합니다.

어른들이 담근 과일주나 인삼주가 즐비한 집도 많지요. 이런 술을 마시고 물을 채워놓는 아이들도 심심치 않게 볼 수 있어요. 집에 술이 있으면 호기심에 손을 댔다가 이것이 놀이가 되고 습관이 되는 경우죠.

스트레스 해소, 감정 비우기

술과 함께 친구를 사귀는 경우, 아이들은 평소 마음에 담아두고 끄집어내지 못하던 말을 술의 힘을 빌려 쏟아내곤 해요. 어른들도 마찬가지죠. 술에 의존하는 청소년 대부분이 학교에서 힘든 일이 있거나, 친구 사이에 문제가 생기면 술을 먹는다고 해요.

특히 학교에서 주최하는 캠핑이나 수련회를 가면 이런 현상이 더욱 뚜렷해집니다. 공간을 옮겨 함께 지내면서 생기는 어려움, 묵은 감정이 더욱 밀착해 부딪치면서 갈등이 일어나죠. 이럴 때 아이들은 어른들과 마찬가지로 자연스럽게 술로 해결을 하려고 합니다. 밤늦게 술을 마시면서 서로 고민을 털어놓기도 하죠. 하지만 청소년기는 여러 가지 상황을 경험하고 실패하면서 스스로 문제 해결 방법을 찾아나가야 하는 아주 중요한 시기예요. 그런 시기에 술기운으로 문제를 해결하려는 단편적인 사고는 건강한 성인으로 성장하는 데 결코 좋은 방법이 아니에요.

정서적 의존

자존감이 낮고 우울증에 시달리면서 술에 중독되는 경우가 있어요. 우울감을 달래려 한 잔, 두 잔 마시던 버릇이 깊어져 나중에는 술 없이 아무것도 할 수 없는 상태가 되어버리는 거죠. 청소년기는 부모가 아닌 대상을 선택해 관계를 맺는 첫 번째 시기예요. 보통은 또래 친구들이 그 대상이 되죠. 하지만 술을 마시면서 얻는 자극은 생각보다 크죠. 그만큼 중독되기도 쉬워요.

친구들과 있을 때는 관계를 유지하기 위해 신경 쓸 것이 많아요. 마음 맞는 친구들이 많으면 좋겠지만 시시때때로 변하는 관계로 피곤해지는 일도 다반사죠. 그에 비해 술은 쉽습니다. 술의 비위를 맞출 필요가 없으니 마시고 싶을 때 마시면 되죠. 취하면 기분이 좋아졌다가 노래도 하고 욕도 하고, 그러다가 내키는 대로 쓰러져 잘 수도 있으니 쉽게 만족을 느낍니다. 물론 깨어나면 몸이 아프기도 하고 허탈하기도 하지요. 그럼에도 술이 주는 순간적인 위로 때문에 계속 마시게 되는 거예요.

간단한 접근, 손쉬운 구매

2018년 12월 12일, YTN은 2010년 922명이던 청소년 알코올 중독자가 1,968명으로 2.1배 증가했다고 보도했습니다. 조사 집단 측은 증가 요인으로 '주류 접근성'과 '구매 용이성'을 들었어요. 실제로 술을 사려고 시도한 청소년 중 67.2퍼센트가 아무 제약 없이 구입할 수 있었다고 해요.

이렇듯 음주에 관대한 문화와 술을 쉽게 살 수 있는 환경이 가장 큰 문제예요. 서울시 조사원이 고등학생과 함께 편의점 다섯 곳을 무작위로 찾아가 실험해보니 네 곳에서 신분

증 확인 없이 술을 구매할 수 있었어요.

중학생(46.4%)보다는 고등학생(73.2%)이 더 쉽게 술을 살 수 있고, 중학생과 고등학생 모두 남학생보다는 여학생이 더 쉽게 구입했어요. 또래보다 성숙해 보이는 여고생일 경우 교복을 입지 않고 화장을 하면 금세 성인으로 보이기 때문에 의심을 피하기가 쉽지요.

2017년 청소년에게 술을 팔아 청소년 보호법 위반 사범으로 단속된 건수는 7,521건에 달했어요. 여기에 맹점이 있으니, 단속되더라도 주류 판매업자는 처벌하지만 술을 구입한 청소년은 처벌 대상에서 제외하는 것이 청소년 보호법입니다. 이런 허점을 악용해 성인 행세를 하며 술을 시킨 뒤, 술값 계산을 하지 않으려고 판매업자를 신고하는 청소년의 일탈 행위도 끊이지 않고 있어요.

알코올 중독의 위험성

미국에서 실시한 조사에 따르면 14세 이전에 술을 마실 경우 알코올 중독에 빠질 확률이 서너 배나 높다고 해요. 청소년보호위원회에서 조사한 결과 청소년 시절 한 번이라도 술을 마셔본 경우, 평생 음주할 확률이 74.4퍼센트로 매우 높게 나왔어요. 성인보다 상대적으로 욕구 조절 능력이 낮은 청소년 시기에 음주를 접할수록 위험하다는 뜻으로, 시사하는 바가 큰 결과예요.

그렇다면 청소년이 술을 마시면 안 되는 이유, 무엇이 있을까요?

뇌 손상

초등학생 때부터 술을 마신 성원이는 이미 전두엽이 심하게 망가졌어요. 순간적인 판단력 검사를 통과하지 못했고, 기억력 검사와 지능 검사는 괜찮았지만 사고력과 판단력을 주관하는 전두엽 관리 기능이 현저히 떨어져 있었습니다. 알코올은 지용성 물질이기 때문에 세포막을 쉽게 통과해 시냅스,

세포 활동, 유전자 스위치에 치명적인 영향을 미쳐요.

알코올 중독자와 정상인의 뇌 MRI 촬영 결과, 치매 환자와 알코올 중독자의 뇌에서 같은 부위가 손상된 것을 발견했어요. 성원이는 뇌 손상이 오자 행동 부조화와 말이 어눌해지는 증상이 나타났어요.

장기 손상

알코올은 위와 소장에서 흡수하고 혈액을 통해 간에 들어가 독소 분해 과정을 거쳐요. 그러나 과음으로 간의 처리 용량을 넘어서면 혈관을 통해 심장, 뇌 등 다른 장기를 공격합니다. 그 가운데서 미세 혈관이 밀집된 뇌는 한층 치명적인 영향을 받게 되지요.

체중 증가

술은 열량이 높기 때문에 칼로리 과다로 비만이 되기 쉬워요. 뇌 기능 장애, 위장 장애, 간장 장애를 일으키고, 무엇보다 성장 호르몬 분비가 억제되어 발육 부진과 성장 장애를 불러옵니다. 학업 성취도가 낮아지는 것은 물론이고 기억력

감퇴, 공간 지각력 감퇴, 뇌 손상, 학습 장애도 동반합니다.

정서 발달 저하

술은 특히 뇌 발달에서 가장 고급 기능을 관장하는 전전두엽이 성장하는 데 방해가 돼요. 건강한 인격 발달에 좋지 않다는 뜻이지요.

범죄 노출

건강을 해치는 것은 물론이고 술을 취하도록 마시면 또 다른 문제가 발생합니다. 성폭력 대상이 되거나 성폭행 가해자가 되기도 해요.

술을 마시면 스스로를 통제하기 어려워요. 알코올이 이성을 마비시키기 때문이죠. 그래서 평소에는 절제할 수 있었던 본능적인 행동들을 자제하지 못해 범죄를 일으키거나, 혹은 그런 범죄에 피해를 입을 수 있어요.

미성년자의 음주 운전 사고

청소년이 술을 마시고 만취해 사고를 당하거나 사고를 내는 경우가 자주 있습니다.

친구들과 술을 먹고 정차 중이던 외제 차를 몰다 음주 운전 사고를 낸 중 3 학생 하민이를 만났어요. 평소에는 절대 그런 일을 저지를 아이가 아니건만, 친구들과 술을 먹고는 어느새 운전대를 잡고 도로를 달리고 있었다고 해요. 그리고 사고가 난 거죠.
언제부터 술을 마셨느냐는 질문에 하민이는 놀라운 답을 했어요. 초등학교 5학년 때 친구들과 재미 삼아 마셔봤는데, 그 뒤로는 힘든 일이 있거나 시험을 못 봤을 때 술을 마신다는 것이었죠. 음주 습관이 들어버린 지금은 일주일에 서너 차례, 혼자 혹은 친구들과 술을 마신다고 했습니다. 술이 없으면 불안해진다고 말하는 하민이는 이미 심각한 알코올 의존증이었어요.

2018년 교통사고 분석 시스템에 따르면, 2013~2017년 청소년 운전자의 음주 운전 사고는 총 2,468건으로 연평균 493건이 발생했습니다. 이 보고서를 쓴 허민숙 입법 조사관은 "청소년의 위험 음주율과 알코올 중독 증가 추세는 청소년의 주류 접근성, 구매 용이성과 관련이 크다"고 지적했어요. 외박과 가출도 청소년 음주 증가에 일조를 하고 있습니다. 음주뿐 아니라 물건을 부수거나 폭행 사고를 일으키기도 하지요.

어른들도 마시는 술, 좀 일찍 마시는 게 문제인가요?

술을 적당히 마시는 것, 어려운 일입니다. 어른이라고 자신 있게 답할 수 있을까요? 알코올은 우리 뇌를 파괴할 뿐만 아니라, 음주량을 늘리지 않으면 이전의 쾌감을 느끼지 못하게 만드는 물질이에요. 2003년 12월, 미국 존스 홉킨스 의과 대학에서 1,903명을 실험한 결과, 일주일에 술을 7~14잔 정도로 과하지 않게 마시는 사람도 뇌 위축 증세를 유발한다고 발표했어요.

상호는 열세 살 때 호기심에 처음 술을 접했고, 친구들과 술을 마시는 분위기가 즐거워 자주 술자리에 가게 되었어요. 처음에는 별로 많이 마시지 않았지만 점차 양이 늘었고, 고등학교 2학년이 되었을 때는 술 때문에 기억이 끊기는 블랙아웃 현상을 처음 경험했어요. 지금은 한 달에 한두 번 블랙아웃을 겪는다고 해요.

다사랑중앙병원 이무형 전문의는 청소년의 음주에 대해 이렇게 짚어줍니다. 우연찮게 마신 술이 그 순간 겪고 있는 문제로부터 도망치게 하는 탈출구 역할을 하기 때문에, 그 맛을 본 친구들이 조금만 힘들면 술로 현실을 회피하고 있다는 것입니다.

성인보다 쉽게 중독에 빠지는 청소년들은 알코올에 의존하기 시작하면서 그만큼 금세 건강을, 건전한 일상을 잃어버려요. 어른들의 무관심과 방치로 수많은 아이들이 알코올에 의존해 스스로를 망가뜨리고 있어요.

행위 중독

두 번째는 행위 중독이에요. 물질 중독과 마찬가지로 근원적 결핍을 특정한 자극으로 채우는 경험을 반복할 때 생기는 결과인데, 자극의 종류가 물질이 아니라 행위라는 것이 특징이에요.

행위 중독은 물질 중독만큼 빠른 속도로 진행되지는 않지만 한번 중독이 된 후에는 행동 패턴을 바로잡아야 하는 만큼 벗어나기가 더 어렵습니다.

행위 중독의 여러 가지 사례를 보면서 위험성을 살펴볼게요.

스마트폰 중독

사람보다 편한 친구 스마트폰

2019년 과학기술정보통신부는 한국정보화진흥원과 스마트폰 과의존 실태 조사를 했어요. 그 결과 스마트폰 이용자 중 과의존 위험군은 20퍼센트로, 전년(19.1%)보다 0.9퍼센트포인트 늘어났어요. 왜 이렇게 많은 아이들이 스마트폰에 중독되는 걸까요?

연령별로 보면 유·아동(만 3~9세)의 과의존 위험군이 22.9퍼센트로 전년 대비 2.2퍼센트포인트 증가해 가장 큰 폭으로 늘었고, 청소년(만 10~19세) 과의존 위험군은 30.2퍼센트였어요. 성인(만 20~59세) 18.8퍼센트, 육십대 14.9퍼센트에 비교해 아동과 청소년의 과의존 비율이 상대적으로 높았어요. 나이가 어릴수록 스마트폰에 의존하게 될 확률이 높다는 것을 의미하는 결과였죠.

또 유·아동과 청소년은 부모가 스마트폰 과의존 위험군이거나 맞벌이를 할 때 확률이 더 높았어요. 부모가 스마트폰 과의존 위험군인 경우에는 유아·아동 36.9퍼센트, 청소년 67.5퍼센트가 과의존 위험군이었고, 맞벌이 가정에서는 유아·아동의 26.1퍼센트, 청소년의 33.3퍼센트가 과의존 위험군으로 나와 외벌이 가정의 유아·아동(20.8%), 청소년(26.7%)의 스마트폰 과의존 위험 비율보다 훨씬 높게 나타났어요.

초등학교 5학년 민혁이는 학교에서 따돌림을 당하고 있었어요. 그래서 상담을 시작했는데, 정작 상담을 받는 민혁이의 태도는 의외로 아무렇지 않아 보였어요. 학급에서 누구와도 소통하지 못하고, 급식을 먹을 때면 아이들이 옆에 앉는 것조차 불편해하며 자리를 떠나는 상황이었음에도, 그 모든 것을 초월한 듯 괜찮다는 태도였어요.
"많이 힘드니?"
"아무렇지도 않아요. 전 그냥 스마트폰만 있으면 돼요."
민혁이의 대답은 거짓말 같지 않았어요. 실제로 스마트폰을 꼭 쥔 채 앉아 있는 민혁이가 괜찮아 보였기 때문이죠.
유치원 때만 해도 민혁이는 친구들과 놀이터에서 신나게 뛰어놀던 아이였어요. 그런데 초등학교 입학을 앞둔 무렵부터 친구들이 한 명 두 명 학원을 다니기 시작하면서 혼자 놀게 되었어요. 그런 민혁이가 안쓰러웠던 어머니는 스마트폰을 사주었어요. 학교에 입학하는 아이의 안전과 재미를 위해서 큰 고민 없이 스마트폰을 쥐여준 것이죠.

그러다 1학년을 마칠 무렵, 민혁이가 여지껏 한글도 익히지 못한 상태임을 알게 된 어머니는 심각하게 고민하기 시작했어요. 우리 아이와는 결코 상관없을 줄 알았던 '중독'이라는 단어가 민혁이네 가정에 똬리를 틀었죠.

어느새 민혁이는 굳이 소통하려 노력하지 않아도 충분히 즐겁게 해주는 스마트폰을 절친한 친구로 여기며 의지하고 있었어요. 감정적으로 애쓰지 않아도 되고, 그런 자기를 밀어내지 않는 스마트폰과 나름대로 즐거운 학창 시절을 보내는 중이죠. 민혁이에게 스마트폰은 편리한 기계를 넘어서 인격적인 친구가 된 거죠.

부모의 양육 태도에 따라 유아·아동과 청소년의 스마트폰 중독이 좌우된다고 보아도 과언이 아닙니다. '중독'에 무지한 부모들이 아이들을 편하고 수월하게 돌보려고 고사리 같은 작은 손에 치명적인 '독'을 쥐여주고 있었던 것이죠.

영·유아기는 신체 발달을 포함해 정서, 언어, 사고력, 사회성 등 다양한 영역의 발달이 진행되는 시기예요. 이렇게 중요한 시기에 스마트폰을 지나치게 많이 사용하는 것은 아이의 두뇌 발달을 저하시키고 정서적으로나 행동상으로나 불편한 결과를 가져옵니다. 또 신체 발달도 지연되고 운동 기능 저하라는 신체적 부작용을 초래할 수 있죠.

한국보육지원학회지에 실린 논문을 볼까요? 「어머니의 양육 행동과 유아의 스마트폰 과몰입 간의 관계」에서는 '부모의 과보호, 방임, 격리와 같은 양육 방식은 아이의 자기 조절 능력을 떨어뜨려 스마트폰 의존도가 심화된다'라고 했어요.

실제로 민혁이 어머니는 양육에 어려움을 호소하며, 방임에 가까운 방식으로 스마트폰을 준 사례예요. 양육의 아주 큰 부분을 스마트폰에 맡겨버린 것이죠. 즉 아동·청소년이 스마트폰에 중독되는 가장 큰 책임은 너무 이른 나이에 스마트폰을 쥐여주는 부모에게 있어요. 그렇기 때문에 스마트폰 과의존 학생의 문제를 해결하는 데는 무엇보다 부모의 변화가 반드시 필요해요.

내 아이가 나쁜 행동을 보였다는 연락을 받고 선생님과 상담하게 되는 부모의 상당수가 이렇게 말하죠.

"내 아이는 좋은 아이인데 친구를 잘못 사귀어서 그런 겁니다."

천만에요. 지금 이 순간, 다른 누가 아니라 바로 부모님들이 아이에게 나쁜 친구를 소개해주고 있다는 사실을 기억해야 해요.

스마트폰 중독의 위험성

등굣길에 버스를 타볼까요. 거의 모든 청소년이 무선 이어폰을 귀에 꽂고 작은 창에 시선을 고정하고 있어요. 같은 시간, 같은 공간에 머물지만 실제로는 각자 제 스마트폰 속 다른 세계에서 살고 있는 셈이죠.

유튜브 중독

2015년 9월 양천구의 한 중학교에서 부탄가스 폭발 사고가 일어났어요. 부모와 학교에 불만이 커진 중학생이 전에 다니던 학교 빈 교실에서 가스를 폭발시킨 것이었어요.

경찰에 검거된 아이는 유튜브에서 미국 총기 난사 사건의 범인인 조승희를 보았고, 그를 따라 예전에 자기를 기분 나쁘게 만든 이들에게 무언가를 보여주고 싶어 범죄를 저질렀다고 고백했어요. 불쾌한 감정을 해소하는 방법을 유튜브 영상에서 학습한 것이죠.

드문 일이 아니예요. 스마트폰을 손에서 놓지 않는 청소년들은 내내 무엇을 보고 있을까요? 손쉽게 볼 수 있는 영상이 넘쳐나는 만큼 다른 이들을 보면서 행동 방식을 학습하고 있어요. 부모에게서 배워야 할 것들, 학교에서 배워야 할 것들을 정제되지 않은 유튜브 영역에서 학습하는 것이죠.

동영상 사이트 접속이 간편하다 보니 음란물에 노출되기도 쉬워요. 수행 평가 시간에 필요한 스마트폰을 사용해 학교에서 음란물을 보는 친구들도 있어요. 게임을 많이 하는 친구들은 말할 것도 없지요. 심지어 값비싼 고기능 핸드폰이 많다 보니 선생님들이 학교에서 스마트폰을 걷어 보관하지 못하는 경우도 많아요. 행여나 교무실에 전화기를 두었다가 분실하거나 잘못되기라도 하면 책임을 져야 하기 때문이에요.

상황이 이렇다 보니 아이들이 수업 시간에 몰래 스마트폰을 사용하거나 아예 대놓고 보는 경우도 많습니다. 주의를 주거나 벌점을 줘도 중독에 빠진 아이들은 개의치 않아요. 수업 시간에 게임을 하거나 유튜브를 켜고 봐서는 안 될 것을 보기도 해요.

2018년 방송통신심의위원회는 경희대학교 연구진과 함께 전국 만 13~18세 중·고등학생 1,058명을 대상으로 인터넷 개인 방송 이용 실태 조사를 했습니다. 그 결과 청소년들은 하루 평균 114.9분간 인터넷 개인 방송을 보는 것으로 나왔어요. 접속 플랫폼으로는 유튜브가 36.4퍼센트로, 16.8퍼센트인 아프리카TV보다 두 배 가까이 높았어요.

유튜브는 영상으로 광고 수익을 내는 구조예요. 구독자가 많을수록 수익이 높기 때문에 인기 있는 유튜버는 구독자를 더 많이 끌어모으기 위해 여러 콘셉트로 영상을 만들어 올립니다. 물론 건전하고 유익한 영상을 만드는 유튜버도 많이 있지만, 안타깝게도 반대인 경우도 많습니다. 오로지 구독자를 늘리려는 욕심에 진위가 확인되지 않은 정보나 자극적인 영상을 올려 조회 수를 늘리는 경우도 많지요. 모두가 한 번쯤 생각해보거나 궁금해하면서도 실행하지 못하던 것들을 유튜버가 대신 해줌으로써 구독자들은 대리 만족을 느끼고, 방송인들은 호응을 얻을수록 더 자극적인 내용으로 구독자를 붙잡으려 하는 거예요.

결핍 가득한 청소년기에 접하는 새로운 교사 유튜브. 재미뿐인 영상들은 경쟁을 강요하는 오프라인 교사로부터 벗어나게 해줄 뿐만 아니라 대리 만족의 쾌감까지 경험하게 해주니 청소년들의 시선이 스마트폰에 고정될 수밖에 없습니다. 가장 큰 자극제라 해도 과언이 아니지요.

정제되지 않고 왜곡된 정보들을 담은 영상에 계속 노출된다면, 앞서 소개한 사고가 또다시 나타나지 않을 거라고 어느 누구도 보장할 수 없어요.

학교에서 긴 시간을 보내는 학생들에게 폭력만큼 무서운 것이 단체 대화방의 언어폭력이에요. 학교에서 있었던 불만을 단체 대화방에서 풀어놓는 거죠. 주로 전학을 오거나 약한 친구들을 불러들여 험담을 합니다. 외모를 비하하거나, 쓸데없는 트집을 잡거나, 돈을 상납하라고 하는 등 입에 담기 힘든 언어폭력을 저지르면서도 전혀 잘못되었다고 생각하지 않아요. 심지어는 성적 모욕감을 주는 경우도 많아요. 외부에 알리면 보복을 하겠다고 협박을 해서 괴롭힘을 당해도 부모님이나 선생님에게 사실대로 말을 하지 못하는 경우가 많아요. 어른들이 상상하기 힘들 만큼 공포를 느끼게 하고 두렵게 만들기 때문이죠.

따돌림 때문에 오랫동안 상담한 민영이에게서 메시지가 왔어요.
"선생님 뵙고 싶어요."
며칠 후 만난 민영이는 예전에 본 우울한 얼굴로 말문을 열었어요. 대학에 가서도 친구들과 잘 어울리지 못하고 있다는 이야기였죠. 힘들어하는 민영이를 보고 있자니 속이 상했죠. 중·고등학교 시절 당한 따돌림으로 민영이에게는 트라우마가 생겼고, 새로운 친구들을 만나도 가슴이 쿵쾅거려 제대로 말도 못 붙인다는 거예요.

민영이는 중학교 시절 메신저 단체 대화방에서 친구들에게 괴롭힘을 당했어요. 이런 것을 사이버 불링Cyber Bullying이라고 해요. 온라인이나 메신저로 집단으로 누군가를 괴롭히는 행위를 말하는데요. 민영이는 대화방에서 나갔다가도 또다시 불러들여져 지속적으로 괴롭힘을 당했어요. 결국 참다못해 자살 시도를 했고, 상담을 거듭하면서 많이 회복되긴 했지만 트라우마가 깊이 남았어요. 그런 이유로 여전히 사람들과 관계 맺는 것을 두려워하는 상태인 것이죠.

서울지방경찰청에 따르면 2018년 한 해 동안 접수된 학교 폭력 신고가 1만 2,839건이라고 해요. 그 가운데 사이버 불링, 즉 휴대폰상 학교 폭력은 전체의 13.6퍼센트인 1,745건이나 됐어요.

과학기술정보통신부와 한국정보화진흥원에서는 2018년 전국 1만 개 가구의 만 3세 이상~69세 이하 스마트폰·인터넷 이용자 2만 8,575명을 대상으로 '스마트폰 과의존 실태 조사'를 했어요. 이들의 콘텐츠 이용 특성을 살펴본 결과, 메신저 이용이 5.76점으로 SNS(4.84점)보다 높았어요.

사람들이 커피숍에 삼삼오오 모여 앉아 수다를 떨지 않고, 아이들이 한자리에 앉아서도 스마트폰 메신저로 대화하는 모습이 이제는 낯설지 않습니다. 청소년들은 어쩌다 이렇게 메신저에 의존하게 되었을까요?

스마트폰 중독 이유

첫 번째 이유, 스마트폰은 시공간을 초월한 놀이터이기 때문이에요.

청소년기는 사람들과 폭넓게 관계를 맺어야 하는 시기예요. 인간관계로 제 존재가 증명되는 시기라고 보면 되지요. 그러나 아시다시피 요즘 청소년들에게는 쉽게 관계를 맺을 만한 기회가 충분하지 않아요. 방과 후 텅 빈 운동장과 놀이터를 보면 금세 알 수 있죠. 어디서든 누군가와 연결되고 관계를 맺어야 하는데, 메신저는 그러한 욕구를 완벽하게 채워주는 공간이에요. 시간도, 공간도 제약받지 않는 놀이터, 현실인 듯 아닌 듯한 그곳은 아이들의 욕구를 채워주는 공간이 되었죠. 학원에 가거나 학교에서 수업 듣는 시간에는 할 수 없지만 일단 여유가 생기면 언제라도 마음대로 사용할 수 있는 것이 스마트폰이기 때문이에요. 그러다 보니 학교나 학원에서 지친 마음과 내면의 욕구를 스마트폰 속 콘텐츠로 충족하죠.

두 번째 이유는 가면무도회의 매력 때문이에요.

청소년기에는 두려움이 별로 없어요. 그럼에도 얼굴을 마주하고 대화할 때는 자기 본연의 모습을 있는 그대로 보여주기가 꺼려지지요. 반면에 익명성이 보장되는 메신저에서는 그런 걱정을 덜기 때문에 오프라인에서는 온순한 아이가 익명 대화방에서는 키보드 워리어keyboard warrior가 되어 폭력 사건의 가해자가 되는 것이죠.

사람들은 평소 억눌린 감정을 익명의 자리에서 배설하면서 희열을 느껴요. 문제아로 낙인찍힌 아이들만 조롱을 일삼는 것이 아니라, 오히려 그런 피해를 당해본 아이들이 자기보다 약한 상대를 불러들여 자기가 당한 만큼 괴롭히는 경우도 많아요. 악순환이지요. 아니면 인터넷 사이트에서 쌓인 억울함을 잔인한 언어로 해소하려는 아이들도 많아요.

이처럼 수많은 위험성에도 어른들은 스마트폰을 아무렇지 않게 쥐여줍니다. 그리고 이내 스마트폰은 청소년들에게 없어서는 안 될 친구가 되어버렸어요. 친구 따라 강남까지 가게 되는 청소년기에 이렇게 소중한 스마트폰을 내려놓게 할 방법이 있을까요?

게임 중독

현실 도피

게임에 중독된 청소년들의 이야기를 들어보면 공통점이 있어요. 한참 앉아서 게임만 하다 보면 어느 새 현실 세계를 잊고 가상 현실 속 캐릭터와 자기가 한 사람으로 여겨진다는 거예요. 심지어 게임 속에 들어가 있는 동안에는 자기의 현실을 잊을 수 있어서 더욱 몰입하게 되죠. 공부 따위는 잘하지 못해도 다른 사람들을 손쉽게 이길 수 있고, 잘생기고 힘센 캐릭터로도 살 수 있으니까요.

고등학교 2학년 현철이는 하루 열두 시간씩 게임을 했어요. 주로 즐기는 게임은 FPS(1인칭 슈팅 게임)예요. 그렇게 게임을 하던 어느 날, 게임 상대의 매너가 굉장히 엉망이었어요. 채팅 창을 통해 오가던 대화가 거칠어졌지요. 흔히 말하는 '현피(직접 만나 싸우는 행위)'를 하자고 했고, 그날 밤 실제로 큰 싸움이 벌어졌어요.

중학교 2학년이던 현식이는 자동차 경주 게임을 좋아해요.

하지만 게임만으로는 만족이 되지 않았고, 어느 날 친구들과 술을 마시고 길을 걷던 중에 길가에 서 있는 외제차가 눈에 들어왔어요. 현식이는 아무도 없는 것을 확인하고는 차에 탔고, 이곳저곳 운전을 해 돌아다니다가 외딴 곳에 차를 버려둔 것이 밝혀져 결국 소년원에 가게 되었어요.

가상 현실 속 캐릭터를 곧 자기 자신으로 인식하는 친구들은 학교에서 스마트폰을 걷어가면 굉장히 힘들어해요. 멍한 눈으로 한 곳을 보면서 머릿속으로 게임을 하죠. 그것이 지루해지거나 뜻대로 되지 않으면 낙서나 그림으로 게임 상황을 표현해요. 몸은 교실에 있지만 마음은 가상 공간에서 뛰노는 거예요. 당연히 수업 내용을 알아듣기 힘들고 현실 학교 생활에서는 낙오된 기분이 들기 때문에 점점 더 가상 현실의 주인공으로 살아가기를 바라죠. 청소년들의 이런 현상은 장자의 호접지몽에 비유할 수 있어요.

어느 날 장자가 꿈을 꾸었어요. 꿈에서 장자는 나비가 되어 이리저리 자유롭게 훨훨 날아다니다 깨어났어요. 그런데 정신을 차리고 보니 자기도 모르게 눈물이 흐르고 있었죠. 장자는 이렇게 말했다고 해요.

"내가 나비가 되는 꿈을 꾼 건지, 나비인 내가 사람이 된 꿈을 꾸고 있는 건지 모르겠다."

장자가 눈물을 흘린 건 아마도 자유로운 나비처럼 살 수 없는 현실이 속상했기 때문이겠죠. 마찬가지로 이 땅의 많은 청소년이 현실 세계에서 느끼는 불안과 두려움, 고민과 괴로움이라는 불행을 잊기 위해 가상 현실에 접속하고 있어요. 그 안에서 경험하는 수많은 가짜 행복을 누리기 위해서 말이죠. 현실 세계를 떠난 아이들의 마음, 나비가 되고 싶은 장자의 심정과 같지 않을까요?

게임 중독의 위험성

《쏘우(Saw)》라는 영화에서 살인마 지그소는 사람을 죽이기 전에 꼭 이렇게 말해요.

"게임을 시작하지!"

그에게 게임은 사람들을 죽음으로 내모는 오락일 뿐이죠.

청소년들도 대부분 가벼운 놀이로 게임을 시작하지만, 중독에 빠지는 순간 죽음으로 내몰리는 위험한 게임으로 변할 수도 있다는 사실을 알아야 해요.

리셋 증후군

몇 년 전 게임에 중독된 중학생이 동생을 칼로 찔러 살해한 사건이 있었어요. 아이는 "살인이라는 것을 꼭 해보고 싶었다"는 글을 남긴 적이 있었고, 붙잡히고 나서도 "동생이 괜찮을 줄 알았어요"라고 말해 모두를 충격에 빠뜨렸죠.

이런 증상을 리셋 증후군이라고 해요. 게임에 몰입해 가상과 현실을 구분하지 못하고, 게임에서 캐릭터가 죽어도 다시 살아나는 것처럼 현실도 언제든 초기화할 수 있다고 착각하는 현상이에요.

이 용어가 처음 쓰인 것은 1997년 5월 일본 고베에서 일어난 사건 때였어요. 어느 학생이 컴퓨터 게임에 빠져 초등학생을 상대로 토막 살인을 저지른 사건이었죠.

게임에 중독된 청소년들은 이런 식으로 문제가 생기면 새 게임을 시작하면 된다는 생각으로 현실 세계를 살아가게 됩니다.

리셋 증후군 테스트

- ☐ 하루 4시간 이상 온라인 게임에 접속한다.
- ☐ 게임 속 자신이 현실에서보다 잘난 존재라고 믿는다.
- ☐ 전에 비해 폭력적인 행동과 비속어가 늘었다.
- ☐ 전에 비해 인내심과 책임감이 줄었다.
- ☐ 자기를 합리화하는 변명이 늘었다.

현실 회피

은둔형 외톨이, 일본 말로 '히키코모리'라는 말을 들어보았을 거예요. 현실에서 겪는 좌절과 상처받는 관계 때문에 작은 공간에 자기를 가둬버리는 행위지요. 이런 사람들이 얼마나 되는지 정확하게 측정하기는 어렵지만, 2017년 한국정책연구원의 조사에 따르면 약 32만 명으로 추산하고, 그 수는 계속 증가하는 것으로 파악하고 있어요. 그런 가운데 은둔형 외톨이로 상담 치료를 받는 사람들의 70퍼센트는 이십대라는 보고가 있었어요.

은둔형 외톨이 대부분이 세상과 소통하기가 불편하다고 호소해요. 인간관계 문제가 가장 심각한 이유죠. 사람들을 피하는 데서 시작한 은둔 생활은 점점 더 이들을 고립시키고 있어요. 방에서 하는 일은 대부분 게임이나 SNS예요.

중학교 시절 내내 외모 때문에 따돌림을 당해 은둔형 외톨이로 살고 있는 수민이는 스스로 방에 갇혀 게임에 과몰입하는 학생이에요. 수민이는 게임 캐릭터를 꾸미는 데 돈을 많이 쓰고 있었어요. 흔히 말하는 '현질(돈으로 게임 아이템 등을 구입하는 것)'로 많게는 한 달에 수십만 원을 썼어요. 학교도 가지 않고 게임 속 가상 현실에서 캐릭터가 되어 살아가고 있었어요.

현실에서 살기 어려운 아이들이 선택하는 게임은 그들이 머물고 싶은 최고의 환경일 때가 많아요. 하지만 그 세계가 주는 만족감은 결과적으로 아이들을 한층 더 고립시키지요. 그리고 이 문제는 가정 문제로 나타납니다.

2019년 6월, 일본에서 차관을 지낸 아버지가 은둔형 외톨이인 아들을 살해하는 충격적인 사건이 일어났어요. 아들을 살해한 이유는, 사건 발생 나흘 전 은둔형 외톨이 청년이 저지른 유치원생 살인 사건 때문이라고 했어요. 아들이 그런 일을 저지를까봐 두려웠다는 거예요. 실제로 아들은 사건 당일 집 근처 초등학교에서 운동회가 열리자 시끄럽다면서 "모두 죽여버리겠다"고 했고, 그런 아들을 본 뒤에 아버지는 범행을 저질렀어요.

살인을 저지른 것은 아버지였지만, 이 사건에서도 게임 중독은 세상과 단절시키고 가상 현실에 집착하면서 현실을 회피하게 하는 문제를 일으킵니다.

그렇다면 은둔형 외톨이들의 정신은 어디에 머물고 있는 걸까요? 왜 '이곳'이 아닌 '그곳'을 선택할까요?

첫째, 끝없는 자극 때문이에요.

게임은 계속해서 레벨을 높이는 구조이기 때문에 열심히 하면 할수록 성과가 있어요. 아무리 해도 성과가 쉽게 나타나지 않는 현실 세계와는 다르죠. 레벨이 올라갈수록 능력치와 기술도 다양해지니 그 자극도 짜릿하고 달콤해요. 학교 공부와는 비교도 할 수 없을 만큼 재미있고, 조금만 하면 새로운 단계로 올라가니 성취감도 크죠. 등급이 올라가면서 자신감도 생기고 대단한 사람이 된 것 같은 기분도 들고요.

공부를 포기한 친구가 게임에 중독되어 실력이 늘수록 학교에서는 게임 짱으로 주목을 받게 되었어요. 그 달콤함에 레벨을 높이는 데 더욱 몰두해 밤낮으로 게임에 매달렸어요. 게임도 게임이지만 등급을 올리는 맛에 중독된 거죠. 고급 레벨 달성을 앞둔 순간 컴퓨터 전원을 뽑아버린 어머니 때문에 창문으로 투신한 아이의 사건은 그 자극이 얼마나 컸는지 알려줍니다.

둘째, 관계 맺기가 불편하기 때문이에요.

게임에 중독된 청소년 대부분이 교우 관계나 가정 관계가 원활하지 못한 것으로 조사되었어요. 청소년기는 관계 맺기를 확대하고 깊이 교감하는 것으로 존재감을 확인하는 시기인데, 이런 활동이 마음처럼 되지 않아 대체제를 찾은 것이지요.

대개 학기 초에 친구들과 관계 형성이 제대로 되지 않는 경우, 혹은 혼자 있는 시간이 많고 이를 좋아하는 학생일수록 게임에 더 집중하는 경향이 있어요. 집에 가도 형제가 없거나 부모님이 다 일을 하셔서 온기나 손길이 부족하면 게임에 몰입하게 되는 거죠.

셋째, 심리적·정서적 원인이에요.

게임에 중독된 청소년들은 게임 속 가상 현실을 도피처로 여기며 몰입하곤 해요. 이유는 낮은 자존감, 우울함, 열등감, 불안감 때문이죠. 이렇게 부정적인 정서에 사로잡히는 이유는 대부분 가정 불화, 부모의 이혼, 가정 폭력, 과도한 입시 압박 등이에요. 불편한 감정을 해결하기 위해 게임에 접속하고, 게임이 주는 자극으로 도파민이 분비되는 동안 거북한 기분이 사라지는 경험을 하는 거죠. 그렇게 점차 게임에 의존하게 되는 거예요.

마치 마약처럼 게임도 빠지면 빠질수록 끊기 힘든 이유가 있어요. 불편한 정서가 사라졌다가 일상으로 돌아오면 슬그머니 다시 찾아드는 불안감. 이 감정을 잊기 위해 계속 찾게 되는 거예요. 그러다 보니 게임 시간도 늘어나고 중독이 되고 말아요. 청소년 시기에 자연스럽게 다져가야 할 건강한 자극을 맛보기도 전에 거짓 위안을 더 크게 경험하게 되죠.

한층 심각한 것은 게임에 중독된 친구들 상당수가 프로게이머를 동경하지만, 게임 중독자 대다수는 현실적으로 프로선수가 될 수 없는 만큼 동경하는 마음으로 현실 도피하는 경우가 많아요. 심리적으로도 과격해지거나 갈수록 불안감이 커지는 상황이 악순환합니다.

게임 중독은 질병

세계보건기구WHO는 2020년 5월 25일 스위스 제네바에서 열린 회원국 총회에서 '게임 사용 장애(게임 중독)'를 질병으로 분류하고, 이러한 내용을 담아 만장일치로 국제 질병 분류 11차 개정판ICD-11을 결정했어요. 그 결과 2022년 1월부터 게임 중독을 진단 분류 체계에 포함하기로 했지요. 우리나라에서는 2026년에 한국 질병 분류KCD에 포함시킬 예정이라고 해요.

2017년 12월 통계청 발표에 따르면 초등학생(4~6학년)의 91.1퍼센트, 중학생의 82.5퍼센트, 고등학생의 64.2퍼센트가 온라인·모바일·비디오 게임을 하고 있다고 해요. 열 명 중 6~9명이 온라인 게임을 하고 있다는 이야기예요. 또 한국정보화진흥원 발표에 따르면 청소년 20퍼센트가 게임 중독이라고 해요. 온라인 게임 중독률은 만 5~9세가 7.9퍼센트로 6.8퍼센트인 성인보다 높아, 중독으로 인한 뇌 구조 변화 때문에 향후 치료가 어렵다고 이야기하고 있어요.

2013년 미국 정신과의사협회는 진단 통계 편람에 질병으로 포함시킬 질환으로 '인터넷 게임 장애'의 진단 기준을 제시했어요.

인터넷 게임 장애 진단 기준

- ☐ 게임에 너무 몰두해서 게임 생각만 한다.
- ☐ 게임을 하지 못할 때 금단 증상이 나타난다.
- ☐ 게임을 하는 시간이 계속 늘어난다.
- ☐ 게임을 하는 행동을 조절하지 못한다.
- ☐ 게임을 제외한 다른 취미나 오락거리에 흥미가 줄어든다.
- ☐ 게임을 너무 많이 하면 문제가 된다는 것을 알면서도 게임에 시간을 지나치게 많이 쓴다.

☐ 가족이나 상담자 등 다른 사람들에게 게임 시간을 속인다.

☐ 무기력감, 죄책감, 불안감처럼 부정적인 감정을 없애거나 누그러뜨리기 위해 게임을 한다.

☐ 게임 때문에 인간관계, 직장, 학업 등이 어려워지거나 아예 잃어버린 적이 있다.

위 기준에서 해당 항목이 다섯 개가 넘으면 게임 중독으로 진단받을 가능성이 높다고 봅니다.

한편 WHO는 미국 정신과의사협회보다는 간단하게 진단 기준을 제시했어요. 아래와 같은 핵심 증상 세 가지가 1년 이상 반복되면서 심각한 기능 이상이 발생할 때 게임 중독으로 진단한다는 것이죠.

☐ 게임 통제 기능이 손상됨.

☐ 다른 관심사나 일상생활보다 게임을 우선시함.

☐ 부정적인 결과가 발생해도 게임을 중단하지 못함.

게임은 스스로 조절할 수 있는 범위에서는 취미 활동이 될 수 있어요. 그러나 조절 능력이 부족한 아이들이 무분별하게 게임에 노출되면 심각한 질병 상태를 초래할 수 있다는 점을 잊지 말아야 해요.

나를 벌주는 자해 중독

고등학교 졸업을 앞둔 진수가 상담을 받으러 찾아왔어요. 모두가 알아주는 대학에 이미 합격한 후였죠. 상담을 받으러 온 진수에게 축하 인사를 먼저 건넸는데, 축하를 받는 진수의 얼굴이 이상하리만치 어두웠어요. 아이는 조심스럽게 말을 꺼냈어요.

"선생님, 저 자해러예요. 사혈하고 있어요."
말인즉슨, 제 피를 뽑으며 스스로 고통을 주는 자해 중독자라는 것이었어요. 미처 예상하지 못한 고백에 당황스러웠지만, 상담을 이어가면서 아이가 죽지 않고 버티고 있는 것이 얼마나 고마웠는지 몰라요.

진수는 고등학교 입시를 준비하면서 처음 자해를 했어요. 당시 고 3인 누나가 서울대학교에 합격해 온 가족이 축하하고, 나아가 진수에게까지 기대하는 말을 늘어놓자 엄청난 압박을 느꼈어요.

시간이 지나 고등학교 합격 발표가 나고 진수는 원하던 학교에 떨어지며 좌절을 맛보았어요. 기대하던 사람들의 시선이 실망감으로 차오르는 순간, 자기도 모르게 샤프로 허벅지를 찌른 거예요. 그런데 신기하게도 쾌감이 일었어요.

"처음엔 굉장히 아팠는데요, 마치 나한테 벌을 주는 것 같아서 흥분됐어요."

그 뒤로 어쩔 줄 모를 만큼 불안해지거나 시험을 못 보면 자해를 하게 됐고, 인터넷 커뮤니티와 SNS에서 자해 방법을 보고 따라하게 됐어요. 그렇게 지금은 사혈 자해까지 하기에 이르렀어요.

자해 확산의 빨간 신호등

2018년 교육부가 전국 중·고등학교 학생을 대상으로 진행한 '학생 정서·행동 특성 검사' 결과 '자해를 한 적이 있다'는 항목에 중학생 51만 4,710명 중 4만 505명(7.9%), 고등학생 45만 2,107명 중 2만 9,026명(6.4%)이 자해를 해본 것으로 답했어요. 하지만 전문가들은 이 결과보다 훨씬 많은 청소년이 자해를 한다고 보고 있어요. 2018년 자해 대유행을 두고 어느 정신과 의사는 전염병 확산과 비슷하다고 했어요. 스스로 자기 몸을 해치는 자해, 우리나라의 청소년 상당수가 빠져들고 있는 질병이에요.

자해하는 청소년이 늘어나는 것을 보면서 사람들은 청소년들의 자해 행위를 그저 관심받고 싶은 아이의 일탈 행동으로 오해하곤 해요. 하지만 잘못된 짐작입니다. 조사 결과 정말로 관심을 받고 싶어서 자해를 하는 청소년은 전체의 4퍼센트밖에 되지 않았어요. 대부분은 죽고 싶어서가 아니라 살고 싶어서 자해를 하는 것이었어요. 2013년 미국정신의학회는 '정신 질환 진단 및 통계 편람 제5판DSM-5'에서 자해를 '비자살성 자해'로 새롭게 규정했어요.

'살기 위해 내 몸에 상처를 낸다.'

청소년 자해 관련 중요 용어

- **자해계** 자해 사진을 올리는 SNS 계정
- **자해러** 자해를 하며 자해계에 게시물을 올리는 사람
- **민모션** 울고 싶지만 울지 못한다는 의미
- **사혈 자해** 몸에서 피를 뽑는 자해의 일종
- **스마일 마스크 증후군** 웃고 있지만 마음은 울고 있는 상태

자해는 죽으려는 몸부림이 아니라 살고 싶은 욕구에 기반한 행위라는 것이에요. 청소년들이 이렇게 스스로에게 고통을 주며 견디는 이유, 무엇 때문일까요?

끝없는 경쟁, 절벽 같은 사회

'이생망'이라는 말을 들어보셨나요? "이번 생은 망했어"의 줄임말이에요. 사회에서 말하는 '행복'을 가질 수 없다고 판단한 청소년들의 자조지요.

고등학교 2학년 현성이가 자해로 인한 과다 출혈로 병원에 갔어요. 그 후 퇴원한 현성이를 만났죠. 상담을 시작한 지 3주가 되는 날, 현성이가 말했어요.

"(자해를) 또 하고 싶어요."

어머니를 걱정시키고, 병원 입원복을 입은 자신이 너무 혐오스럽다고 했어요. 차라리 죽었더라면 좋았을 거라고.

"왜 자해를 했니?"

"할 수 있는 게 없어서요. 내가 너무 싫어서 그랬어요."

현성이는 멋진 화가가 되는 것이 꿈이었어요. 하지만 건물 환경미화원으로 일하며 혼자 현성이를 키우는 어머니는 그 꿈을 이뤄줄 수 없었어요. 현성이는 할 수 없이 화가의 꿈을 포기해야 했죠. 그래서 열심히 공부해 좋은 대학에 가는 것으로 목표를 바꿨는데, 아무리 노력해도 생각만큼 성적이 오르지 않았어요. 무엇을 해도 잘되지 않는 것 같은 느낌이 들자 현성이는 자해를 시작했어요. 그렇게라도 하고 나면 스트레스가 풀리는 기분이 들었어요. 아무것도 하지 못하는 자기를 벌주는 느낌이 자극적이었던 것이죠.

"자해를 하면 죄책감이 조금 사라져요."

자해를 하는 청소년들은 세상 사람들이 말하는 행복의 기준에 이르지 못할 거라고 예상하고 처지를 비관해요. 그리고 어려움을 극복하지 못하는 자신을 자해로 학대하고 있어요. 세속적인 행복이 목적이 되어 스스로를 갉아먹는 것이죠.

한국 청소년들은 과도한 경쟁에 내몰려 살아가요. 부모들은 신생아실에서부터 옆자리 아기와 경쟁을 시작하죠. 탄생과 동시에 자녀를 전쟁터로 몰아가는 것이지요.

"옆집 아이는 벌써 걸어."

"옆집 아이는 벌써 영어를 한다더라."

"옆집 아이는 ○○ 대학교에 갔다더라."

다른 집 아이 콤플렉스에 사로잡힌 부모들은 우리 아이도 그렇게 되어야 한다며 아이를 절벽으로 몰아붙여요.

학교에서도 마찬가지죠. 선생님들의 비교 때문에 힘들어서 극단적인 생각을 하거나 행동으로 옮기는 친구들이 많아요. 좋은 선생님도 물론 많지만 입시의 최전선에서 성적이 좋거나 말 잘 듣는 아이들 위주로 상황을 이끌다 보니 상당수의 아이들이 소외당할 수밖에 없죠. 그러다 보면 자존감이 무너진 아이들이 끔찍한 생각을 하는 거예요.

고등학교는 특히 생활기록부 내용이 중요하기 때문에 자연스럽게 등급으로 나뉘고, 공부 잘하는 친구들 중심으로 선생님들의 관심이 쏠려요. 소외된 친구들은 급기야 제 존재 자체를 부정하기에 이릅니다. 쓸모없는 인간이 된 것 같은 기분이 드는 거죠.

세상이 모두 그렇게 보일 수밖에 없어요. 그 많은 미디어가 '금수저' 운운하며 힘없는 청소년들이 살 수 없는 세상을 보여주고 있으니까요. 노력을 해봐야 결론은 정해진 듯하고 아이들은 좌절합니다. 사회가 말하는 행복의 기준에 가 닿아야 하고, 그러려면 다른 사람을 짓밟고 올라서야 한다고 강요하고 있어요.

벼랑 끝에 매달려 힘없는 자기 자신을 상처 입히는 우리 아이들, 이대로 내버려두어도 괜찮을까요?

성 중독

왜곡된 성 인식

청소년의 성관계는 중학생 때 이미 이뤄진다고 합니다. 교육부와 보건복지부, 질병관리본부가 2018년 청소년 6만 40명을 대상으로 조사한 청소년 건강 행태 조사 통계를 보면, 성관계 시작 평균 연령은 만 13.6세로 나타났어요. 성관계 경험이 있다고 응답한 청소년은 전체의 5.7퍼센트나 되었죠.

산부인과에 갈 일이 생겼어요. 상담 중이던 고등학교 1학년 학생 현선이와 함께였죠. 산부인과 방문 결과 현선이는 임신 7개월이었어요. 이제 막 고등학생이 된 현선이는 두려움과 분노로 펑펑 눈물을 흘렸어요.

"아기 아빠가 누군지 알아?"

누군지 알 수 없다는 현선이. 그 소식을 듣고 달려와 분노하는 현선이 아버지로부터 아이를 떼어놓으며 현선이가 왜 이렇게 되었는지 되짚어보았어요.

어린 시절 현선이 아버지는 살이 찐 어머니에게 "돼지 같은 년"이라며 소리 지르기 일쑤였어요. 어린 현선이에게도

“너도 엄마처럼 살찌고 못생겨지면 쫓아내버린다”고 폭언을 퍼부었죠. 그러던 어느 날 늦은 저녁 엄마 심부름을 다녀오는데, 공원 구석에 아버지 차가 서 있었다고 해요. 현선이는 반가운 마음에 차로 달려갔다가 차 안에서 아버지가 다른 여자와 성관계를 하고 있는 걸 목격했어요.

“그 아줌마가 너무 예뻐 보여서, 그 아줌마처럼 되고 싶었어요.”

아버지와 외도하는 아줌마가 예뻐 보였다는 상식 밖의 말에 당황스러웠어요. 그 뒤로 어머니는 집을 나갔고, 현선이는 아버지와 단둘이 살게 되었어요.

중학생이 되면서 현선이는 남자 친구를 사귀기 시작했고, 바라는 대로 해주지 않으면 남자 친구들이 사랑해주지 않을 것 같아 성관계를 요구하는 아이들과 성관계를 맺었어요. 그리고 고등학교 1학년이던 그날, 현선이는 누구 아이인지도 모르는 아이를 갖게 된 것이죠.

부모에게서 어떤 성 인식을 얻느냐 하는 것은 청소년기 아이들에게 굉장히 큰 영향을 미쳐요. 물론 부모가 아닌 다른 경로로, 음란물이나 성인물 미디어에서도 왜곡된 성 인식을 갖게 되죠.

중학교 3학년 철호는 '자위 중독'이에요. 중학교 1학년 시절, 친구가 준 야한 동영상을 보면서 자위를 시작했어요. 처음에는 그저 호기심이었지만 3학년이 된 철호는 매일매일 자위를 하지 않으면 금단 현상이 오는 자위 중독자가 되었어요.

"하지 않으려고 아무리 노력을 해도 이제는 여자만 봐도 자위를 하고 싶어져요."

철호의 간절한 눈빛이 지금도 생생해요.

청소년기는 성호르몬이 가장 많이 분출되는 시기예요. 정신 분석학에서 말하는 성기기性器期, 생식기에 성적 에너지가 집중되는 시기죠. 이렇게 중요한 시기에 성 개념이 어떻게 정립되느냐는 굉장히 중요한 문제임을 모두가 공유해야 해요.

성 중독 증상 중 가장 대표적인 것이 자위 중독이에요. 청소년에게는 비교적 비율이 낮은 성관계 중독보다 광범위하게 영향을 미치고 있어요.

2005년 청소년 자위 행위 설문 조사에 중·고등학생 36.8퍼센트가 자위를 한다고 응답했어요. 특히 남학생은 67.3퍼센트, 그 가운데 18퍼센트 이상이 이미 초등학교 때 자위를 한 것으로 나타났어요.

'스스로 위로하는 행위'라는 뜻의 자위는 자기만의 성적 쾌락을 찾는 행위예요. 남성 대부분과 여성의 4분의 3가량이 때때로 자위로 성욕을 해결하는 데, 이것은 정상적인 적응 행동이에요. 그런데 사춘기에는 성적 욕구가 폭발적으로 높아지면서 이를 해소하는 수단으로 자위가 빈번해지죠.

흔히 자위는 성적 공상을 동반하는데, 문제는 이러한 성적 공상을 각종 음란물로부터 학습한다는 것이에요. 수많은 청소년이 음란물에 중독되거나 성 중독까지 이르는 역효과가 일어나기도 하죠.

그렇다고 해서 자위를 무조건 비판하면 그 또한 생각지 못한 역효과를 불러옵니다. 자위는 행위 하나만으로 단정하기엔 광범위한 현상이기도 해서, 호르몬 작용이 왕성한 시기에 과중한 학업 압박으로 스트레스가 쌓이는 청소년들이 성욕을 풀 길이 없다는 점, 이를 해소할 만한 건전한 경로가 상당 기간 차단된다는 점을 우선 이해해야 해요. 이런 상황에 처한 청소년을 윤리적으로 비판하면 불필요한 죄책감이 가중돼 자아 성숙에 장해가 될 가능성이 있어요.

위로받고 싶은 마음

그렇다면 어떤 이유로 자위 중독에 이르는 걸까요?

자위 중독은 성적 에너지를 건강하게 해소할 길이 없을 때, 잘못된 선택으로 시작됩니다.

못생긴 외모로 또래 여자아이들로부터 혐오 대상이 된 중학교 3학년 정훈이는 2학년 때부터 어느 여자 아이돌의 팬이 되었어요. 주변 여자아이들은 모두 자기를 싫어하는데 아이돌 그룹은 그렇지 않았으니까요. 그러던 어느 날, 좋아하는 여자 아이돌을 상상하며 자위를 시작했어요. 그 뒤로는 음란물을 보며 하루에도 몇 번씩 자위를 하게 되었습니다.

"자위를 하고 나면 인정받는 것 같아요."

막 대학에 입학한 영헌이의 말이에요. 중학교 시절 좋아하던 여학생에게 거절을 당한 영헌이는 그 후로 음란물을 보기 시작했어요. 호기심으로 보던 영상에서 자위 행위를 하는 배우의 모습을 보았고, 영헌이도 자위를 했죠. 맞벌이로 집에 늦게 오시는 부모님 때문에 집에 혼자 있는 시간이 많았고, 거절당한 데 대한 불편한 감정과 낮은 자존감이 주는 스트레스를 자위로 해소한 겁니다. 지금은 학교 화장실에서도, 식당이나 상가 화장실에서도 자위를 하는 중독자가 되었어요.

두 아이 모두 성적 에너지가 극도로 높아진 청소년기에 결핍을 겪었고, 그로 인해 위로가 필요한 학생들이었어요. 하지만 적절한 위로를 경험하지 못했고, 음란물로 자기 자신을 위로하는 방법에 눈을 떴죠. 이런 경험이 어느 자극보다 달콤했기 때문에 두 아이 모두 자위 중독에 빠져버린 거예요. 나아가 점점 강한 자극을 원하게 되면서 지금은 음란물을 수십 편씩 봐야만 만족할 지경에 이르렀어요.

이처럼 어떤 성적 자극이 청소년들의 결핍을 건드리느냐에 따라 자위 중독 혹은 다른 중독으로 넘어가느냐 아니냐가 결정돼요. 이런 면에서 자위 중독은 성 중독으로 이어질 수도 있다는 점을 명심해야 해요.

자위 중독의 위험성

온라인 음란물 중독을 주제로 한 테드TED 강의에서 영국 과학 교사 게리 윌슨Gary Wilson은 이런 이야기를 했어요.

"우리 뇌의 보상 회로에서 도파민으로 보상 심리를 자극하는데, 자위를 할 때도 뇌에서 도파민이 분비된다고 합니다. 그런데 도파민이 지나치게 분비될 경우 '델타-포스비'라는 분자 스위치를 작동시키고, 앞선 보상 회로에 따라 행동해 결과적으로 도파민이 과다 분비되는 악순환이 이어집니다. 결국 도파민에 무감각해지고, 음란물에 과잉 반응해 성적 자극을 주는 것이 아니면 모두 지루하게 느끼게 됩니다. 나중에는 음란물에 중독되어 성적 쾌락만 따라가는 지경에 이르러요. 자위 중독이 과해지면 뇌의 화학 작용(도파민, 델타-포스비)으로 세 가지 변화가 일어납니다."

자위 중독으로 인한 변화

- 의욕 상실
- 점점 강도를 높여야만 흥분이 충족되는 중독 현상
- 특정 음란물에만 반응하는 중독 현상

우리는 도파민이 분비되면 행복과 성취감, 기쁨을 느껴요. 그런데 도파민 수치가 높은 상태로 지속되면 뇌가 그 수준에 적응해 도파민 수용체의 활성도가 낮아지고, 일상에서 행복을 느끼지 못하게 됩니다. 도파민이 상대적으로 적게 분비되는 일상의 소소한 행복에 반응하지 않게 되는 것이죠. 결국 만족감을 잃어버리는 거예요.

『남자의 뇌 중독으로부터의 자유』를 쓴 미국의 신경과학자 윌리엄 스트러더스William Struthers는 음란물과 거울 신경 세포의 관계를 말하면서 자위의 위험성에 대해 경고했어요.

> "대뇌피질에 존재하는 거울 신경 세포는 다른 사람의 감정을 파악하고 전달하는 역할을 해요. 예를 들어 다른 사람이 공포에 질리면 그 얼굴을 보고 똑같이 공포를 느끼게 하는 거예요. 그래서 음란물을 보면 거울 신경 세포의 작용에 따라 음란물 속 주인공이 자신인 것처럼 느끼게 됩니다."

신경학적으로 음란물 속 사람과 동일시해 거울 보듯 흥분을 고조시키고, 쾌락을 맛보게 해 중독에 이르게 한다는 것이죠.

이렇게 자위를 위해 음란물을 계속 보면 일상생활에서도 음란물의 잔상이 남게 됩니다. 그래서 길거리에서 마주치는 이성을 성적 흥분 대상으로 여기고, 영상 속 대상이 아님에도 음란하게 옷을 벗은 모습 혹은 성관계를 하는 장면을 상상합니다.

또 음란물을 통한 자위에 중독되면 이성을 잠재적인 성 파트너로 보게 되지요. 사랑과 배려의 대상이 아니라 제 성욕을 풀어주는 배출구로 여기게 되는 것이죠. 수많은 성범죄자가 잔혹한 성범죄를 저지르는 이유가 여기에 있습니다.

청소년기의 자위 중독은 올바른 성 정체성을 형성하지 못하게 합니다. 나아가 자위에 몰입해 그 시기에 필요한 학업과 진로 계획을 심각하게 방해하죠.

자위 중독을 막으려는 사람들이 모인 인터넷 카페가 있어요. 사람들은 그곳에서 자위 중독에서 벗어난 경험담을 기록합니다.

"피부가 좋아졌어요!"

"눈이 밝아졌어요!"

"머리가 안 빠져요!"

"아침에 일어나는 게 힘들지 않아요."

무엇보다 이렇게 고백해요.

"수치심과 불안과 죄책감이 없어졌어요!"

자위 중독은 쾌감과 동시에 큰 죄책감을 동반해요. 그리고 죄책감은 더욱 자위 행위에 빠져들게 만들죠. 좋지 않은 영향을 많이 미치는 자위 중독에서 벗어날 수 있도록 청소년들을 도와야 해요. 자위 중독은 시간이 흐르면 지나치게 왜곡된 성 인식 때문에 큰 문제를 야기하는 성 중독으로 이어지기 때문이에요.

도박 중독

놀이인가, 범죄인가?

도박 중독에 빠진 청소년들이 하나같이 하는 말이 있어요. 처음에는 놀이로 시작했다는 것이죠. 그러나 놀이가 점점 더 자극적으로 변하고, 그 자극을 계속 맛보다 보면 결국 중독이 되고 마는 것이죠.

고등학교 2학년 때 학교를 자퇴한 성훈이를 오랜만에 만났어요. 그런데 성훈이가 제게 돈을 많이 벌게 해주겠다며 메신저로 링크를 보내주었어요. 불법 스포츠 도박 사이트였죠. 중학교 때 도박 문제로 상담을 한 터인데, 보지 못한 2년 동안 도박에 더욱 깊이 중독되어 있었어요.

성훈이가 처음 불법 스포츠 도박 사이트에 접속한 것은 중학교 3학년 때였어요. 그 전까지는 도박은커녕 게임도 하지 않던 평범한 아이였죠. 다만 집이 가난해서 종종 친구들에게 간식을 얻어먹는 일이 있었어요. 그러던 어느 날 친구들과 놀고 있는데, 불법 스포츠 도박을 하는 친구가 왔어요. 그 친구가 링크를 보내주었고, 재미 삼아 성훈이도 5,000원 정도를 걸었어요. 그런데 이게 무슨 일인지, 무려 12만 원가량을 따게 되었죠. 그 돈을 곧바로 출금해서 성훈이는 친구들에게 치킨을 사주었어요. 그동안 얻어먹는 게 미안했기 때문에 보답을 한 거예요. 친구들과 치킨을 다 먹고 난 뒤에 남은 돈으로 무엇을 할까 하다 성훈이는 다시 도박에 돈을 걸었고, 결국 다 잃었습니다.

그 뒤로도 성훈이는 돈이 생길 때마다 도박 게임에 돈을 걸었어요. 처음 돈을 땄을 때의 쾌감을 잊을 수가 없어서 번번이 다시 접속한 것이죠. 하지만 도박이라는 것이 매일 돈을 딸 수 있는 게 아니었어요. 잃는 날이 더 많았죠. 오히려 계속 잃었다면 멈출 수 있었을 텐데, 이따금 돈을 따기도 했기 때문에 성훈이는 도박을 멈출 수가 없었어요.

그렇게 빠져들어 지내던 어느 날, 성훈이는 부모님의 지갑에 손을 대기에 이르렀어요. 그러고도 돈이 모자랄 때면 학급에서 높은 이자로 돈을 빌려주는 친구들에게 빌렸어요. 그래서 상담을 하던 시기에 성훈이에게는 빚이 420만 원이나 있었어요. 큰돈을 빚지고 있으면서도 도박을 끊지 못했죠.

“재미있어요. 그냥 놀면서 돈도 따니까요!”

2015년 한국도박문제관리센터 발표에 따르면 청소년 가운데 14만 명 정도가 도박 중독 고위험군에 속한다고 해요. 14만 명이라니, 이 아이들은 과연 도박을 하는 걸까요, 아니면 놀이를 하고 있는 것일까요?

도박하는 청소년 상당수는 불법 채널로 도박을 하고 있어요. 그중에서 일종의 놀이처럼 여겨지는 스포츠 토토를 체육복권이라고 하는데요. 공식 명칭은 체육진흥투표권으로, 스포츠 활성화를 위한 진흥 기금 조성을 목적으로 국가가 진행하는 사업이에요. 그러나 스포츠 토토와 비슷한 불법 사이트가 생겨나 청소년까지 쉽게 접속해 돈내기를 하는 지경이 되고 말았어요.

2015년 청소년 도박 문제 실태 조사에서 광주광역시 청소년 10명 중 6명인 60.6퍼센트가 도박에 빠져 있다는 통계가 나왔어요. 2017년에는 전국 평균 42.1퍼센트, 2018년은 48퍼센트였죠. 특히 전라도권 청소년 도박률이 아주 심각해요. 그럼에도 부모님들은 심각성을 인지하지 못하고 있어요.

스마트폰으로 하는 도박은 부모나 교사도 알아채기가 어려워요. 학교에서 스마트폰을 걷어 보관하려 해도 빈 기계를 내고서 수업 시간에 스포츠 도박을 하기 때문이죠.

부모나 교사가 아이의 도박을 인지해 개입하더라도, 매일 지속적으로 오는 불법 도박 광고의 유혹을 이길 수 없어요.

달콤한 유혹

어째서 불법 스포츠 도박에서 빠져나오지 못하고 중독에 이르는 걸까요?

첫째, 장벽 없이 쉽게 접속할 수 있기 때문이에요.

불법 스포츠 도박 사이트는 대부분 모바일 메신저로 링크를 따라 접속하게 되어 있어요. 그렇기 때문에 스마트폰만 있으면 쉽게 연결됩니다. 인증 절차도 복잡하지 않아요. 이름과 주소, 계좌 번호 등만 입력하면 너무나 쉽게 도박에 참여할 수 있습니다.

둘째, 또래 집단의 영향력 때문이에요.

청소년기는 또래 집단의 영향을 가장 많이 받는 시기예요. 그런 시기에 긴 시간을 함께 먹고 노는 친구들이 불법 도박을 하고 있다면? 혼자 초연하게 있을 수가 없겠죠. 서로 링크를 공유하고 판돈과 수익을 나누다 보면 경쟁적으로 과감해지기도 하고, 승부욕을 자극해 더 깊이 빠지는 것이죠.

도박 사이트에 들어가 내기를 하면서 돈을 따는 아이들이 있으면 자기도 할 수 있겠다는 생각에 더 쉽게 손을 대요. 주위에 잘하는 아이가 있으면 여럿이 돈을 걸어 그 아이를 대표로 내세워 도박을 즐기기도 합니다.

셋째, 손쉬운 돈벌이라는 착각 때문이에요.

쉽게 딴 돈은 쉽게 쓰게 되지요. 평소 부모님이 사주지 않던 물건이나 옷을 사고, 제 돈으로 소비하는 쾌감을 경험하면서 계속해서 돈이 갖고 싶어집니다. 부모님에게 말할 것 없이 스스로 손쉽게 돈을 버는 방법으로 여겨지니 불법 도박에서 벗어날 수가 없는 거예요.

넷째, 게임의 쾌감에 빠져들기 때문이에요.

청소년들은 게임을 굉장히 좋아해요. 승리와 패배, 레벨 업이라는 요인에 쾌감을 느끼죠. 이와 마찬가지로 불법 도박 역시 게임과 똑같은 쾌감을 선사합니다. 돈을 걸 때의 긴장감과 해당 팀의 경기를 보는 쾌감, 여기에 이겼을 때 얻는 돈까지, 청소년들이 엄청난 쾌감을 느낄 수밖에 없습니다.

다섯째, 도박을 경제 활동이라고 오해하기 때문이에요.

도박을 하는 청소년 대부분이 자기도 부모처럼 경제 활동을 한다고 착각을 해요. 방법을 가리지 않고 마련한 돈을 도박 판돈으로 내걸면서 이를 자기가 수고한 결과라고 생각하죠. 도박으로 번 돈은 말할 것도 없고요. 그러나 사실 판돈은 대부분 제가 먹을 것을 먹지 않고 모은 돈이거나 빌린 돈, 심지어는 부모의 지갑에 손을 대 수중에 넣은 거예요. 또 수익을 얻는다 해도 이 돈은 그대로 다시 도박판으로 들어갑니다. 그러고는 잃어버리죠. 뭔가를 생산하지도, 건전한 경제 순환에 기여하지도 않는 도박은 절대 경제 활동이 아니에요.

고등학교 1학년 경현이는 아르바이트를 많이 했어요. 그러다가 친구를 통해 스포츠 도박 프로토를 접했고, 순위에 맞춰 돈을 걸면 꽤 큰돈을 딸 수 있다는 사실을 알게 되었어요. 그러던 어느 날 경현이는 판돈 10만 원을 걸어 무려 800만 원을 손에 넣었어요. 그 후로는 식당에서 그릇 수십 개를 닦으며 아르바이트를 해 버는 돈에 관심이 없어졌어요. 클릭 한 번으로 800만 원을 벌게 되니 힘들여 일하는 아르바이트 따위는 의미가 없어졌죠. 그래서 일을 그만두고 모아 둔 돈으로 하루에 몇 백만 원씩 배팅을 했어요. 하지만 결국 3,000만 원이라는 어마어마한 빚을 지게 되었어요.

스포츠 도박에 중독된 사람들은 대부분 자기가 게임의 승패를 맞힐 수 있다고 생각해요. 그러나 결과는 그렇지 않아요. 전문가와 분석가도 스포츠 경기에서 어느 팀이 이길지는 알지 못합니다. 배당표를 만들어 분석을 하면 이길 확률이 어느 정도 높아지지만, 이 역시 정확하지는 않아요. 도박은 분명히 돈을 잃게끔 되어 있죠. 하지만 사람들은 돈을 잃은 것은 기억하지 못하고, 가끔 한 번 돈을 딴 쾌감과 자극만 기억하려 하죠.

그렇기 때문에 돈을 따는 경험이 도박 중독에서는 더 위험해요. 돈을 벌면 그 달콤함을 다시 맛보려고 더 크게 투기하게 되기 때문이에요.

도박 중독의 위험성

첫째, 생활 리듬이 망가지고 건강을 해칩니다.

스포츠 도박에 중독된 사람들은 대부분 낮에는 국내 스포츠에 내기를 하고, 밤에는 유럽과 북아메리카 스포츠에 돈을 걸어요. 그 말은 곧 하루 24시간을 도박에 쓴다는 의미입니다. 자연히 신체 리듬이 망가지고, 학교에서 잠을 자기 때문에 학업을 이어갈 수가 없는 것이죠.

둘째, 인간관계가 깨지고 고립감을 느낍니다.

도박을 하게 되면 친구들, 가족들과 대화할 만한 소재가 사라져요. 도박이 불법인 것을 알기 때문에 누구와도 공유하지 못하는 거죠. 그리고 매 순간 몰입해야 하다 보니, 친구나 가족과 어울리지 못하게 되는 거예요.

셋째, 늘어나는 빚을 감당할 수 없게 됩니다.

도박에는 승자가 없어요. 앞서 말한 대로 도박은 무조건 돈을 잃게 되는 구조예요. 도박에서 돈을 버는 사람은 따로 있는 거지요. 그러니 도박에 중독된 사람들은 계속 돈이 필요해집니다. 하지만 도박에 빠져 지내느라 돈을 벌 시간이 없으니 남에게 빌리게 되죠. 돈을 빌릴 때는 금방 그보다 더 큰돈을 딸 수 있을 듯하지만 현실은 결코 수익을 내지 못하죠.

처음에는 친구들의 돈을 빌리다가 나중에는 약해 보이는 친구에게 빼앗는 식으로 상납을 받아 도박을 하기도 합니다. 물론 말로는 돈을 따 돌려준다고 하지만 그런 일은 없습니다. 딴 돈은 다시 게임에 털어넣어 본전을 찾아야 하기 때문에 악순환이 이어집니다.

넷째, 돈 앞에서 수단과 방법을 가리지 않게 됩니다.

빚이 쌓이고 더 이상 돈을 구할 곳이 없어지면 많은 청소년이 불법을 동원해서라도 돈을 구하려고 해요. 부모의 지갑에 손을 대는 것은 기본이고, 친구의 돈을 훔치기도 하죠. 중학교를 자퇴한 미선이는 토토 도박을 하다가 돈이 떨어지자 유흥업소에 나가기 시작했어요. 노래방, 키스방 등에서 일을 하면서 일명 '스폰서'라는 이들에게서 돈을 받기도 했어요.

불법 도박은 청소년들을 헤어날 길 없는 범죄의 구렁텅이에 빠뜨리는 미끼 노릇을 합니다. 처음엔 놀이로 시작한 행동이 점차 불법을 저지르는 도박 중독으로 변하는 것이죠.

도박 중독의 원리

'스포츠 토토'는 합법적으로 운영되지만 이와 비슷한 불법 토토 사이트도 아주 많아요. 이런 사이트들은 판돈을 크게 키워준다면서 사람들을 유인해요. 그런 불법 운영의 이면에는 함정이 있을 수밖에 없습니다.

불법 도박 사이트를 운영한 최태석은 불법 도박 사이트에 빠지면 안 되는 이유를 이렇게 말했어요.

"불법 도박 사이트는 이런 식으로 운영을 합니다. 운영자가 '본사', 그 아래 사람은 '부본사', 그 밑에 또 '총판'이라고 해서 사람들을 끌어모으는 담당자들이 있습니다. 총판은 초기는 30퍼센트를 커미션으로 받고, 부본사는 50퍼센트를 받는데, 총판에 30퍼센트를 주고 20퍼센트를 받는 구조입니다.
이런 일을 하면 도박 방조, 알선으로 처벌을 받게 됩니다. 도박을 하는 사람도 당연히 처벌을 받습니다. 제가 불법 도박 사이트에서 빠져나온 계기는 자체 분열 때문이었어요. 이제라도 나오게 되어 다행이라고 생각합니다. 불법 도박 사이트를 운영할 때 늘 경찰에 쫓기는 꿈을 꾸었습니다."

"불법 도박 사이트에 들어오는 사람들이 얼마나 잃느냐에 따라 운영자인 제가 돈을 배당받습니다. 처음 2주 동안은 50만 원을 받았습니다. 한 달이 되니 1,000만 원이 들어왔고, 두 달이 되었을 때는 2,000만 원을 받았습니다."

"스포츠 도박은 운영자와 총판이 딴 돈을 주지 않는 경우도 종종 있습니다. '먹고 튄다'고 하지요. 한 명이 돈을 많이 따면 그 사람을 차단해버리고 돈을 주지 않아요. 잃으면 계속 돈을 가져오니까 그대로 두지만 큰 금액을 따면 운영자와 총책이 짜고 그 사람을 차단합니다. 사이트 서버를 외국에 두고 운영하기 때문에 그렇게 해도 잡히지 않습니다."

불법 스포츠 도박은 시작할 때는 아주 쉽게 들어가지만 나올 때는 폐인이나 범죄자가 되기 쉬워요. 도박 중독은 가진 것을 다 잃어야 나올 수 있는 무서운 중독입니다.

2018년 국정 감사 자료를 보면 지난 5년간 불법 도박으로 형사 입건된 청소년 수가 761명이었어요. 과연 우리 아이들은 지금 하고 있는 놀이가 불법이란 걸 알고 있을까요?

종교 중독

상진이와 부모님은 다섯 시간 동안 긴 대화를 나누었어요. 그러나 끝내 생각이 통하지 않자 상진이는 부모님과 대화가 안 된다며 집을 나갔어요.

상진 아버지, 그러지 마세요!

아버지 너 미쳤어?

상진 저한테 왜 이러세요?

아버지 다 너를 생각해서, 사랑하니까 하는 얘기야!

상진 사랑한다 해도 이렇게 물건을 던지시면 안 돼요!

아버지 신천지교를 왜 믿어?

상진 아버지! 제 신앙은 제가 알아서 해요!

아버지 정신 차려! 학교도 안 나가고 뭐 하는 거야?

상진 공부보다 더 중요한 게 있어요.

아버지 이만희가 밥 먹여주냐?

상진 함부로 말하지 마세요!

아버지 야, 넌 아직도 뭐가 문제인지 몰라?

상진 신앙에는 자유가 있어요!

아버지 야! 이만희가 영생할 것 같냐?

상진 아버지! 아무것도 모르면서 그렇게 막말하지 마세요!

어머니 집에서 나가지 말고, 동생처럼 학교 가서 공부하렴….

상진 지민이도 공부하러 가잖아요! 나도 성경 공부하러 다니는 거예요!

어머니 ….

상진 나도 공부하러 다녀요! 정말 열심히 하고 싶단 말이예요! 왜 나는 배우지 못하게 하는 거야….

상진이는 공부를 잘했어요. 1년 전 같은 반 친구 미진이를 만나기 전까지는 그랬죠. 상진이는 미진이를 좋아했는데, 어느 날 미진이가 같이 성경을 배우러 가자고 했어요. 미진이는 성경 공부를 하면서 마음이 안정돼 행복하다고 했어요.

어느 토요일, 상진이는 미진이와 함께 햄버거 가게에 갔어요. 먼저 와서 앉아 있던 젊은 여자가 미진이에게 인사를 했어요. 미진이는 '선교사 님'이라며 상진이를 소개했어요.

선교사 미진이 왔구나!

미진 선교사 님, 제 친구 상진이에요.

상진 안녕하세요.

선교사 상진이 얼굴에 어두운 구석이 있구나.

상진 아… 그런가요?

선교사 혹시 집안에 문제가 있니?

상진 어, 어떻게 그걸…?

선교사 지금 함께 살고 있는 어머니가 친어머니가 아니구나.

상진 네…?

미진 그게 무슨 말이에요?

선교사 얼굴에 그렇게 써 있는 것 같은데?

미진 상진아! 정말이야?

상진 아… 사실 엄마가 2년 전 암으로 돌아가셨어.

미진 정말?

선교사 새어머니랑 잘 지내니?

상진 그게… 새엄마에게 어린 아들이 있는데… 아니에요.

선교사 아, 새어머니가 편애를 하는구나!

상진 아… 아니에요, 상관없어요….

미진이를 통해 만난 선교사는 상진이에 대해 자세히 알고 있었어요. 심지어 상진이가 의사가 되고 싶어 한다는 것도 알고 있었어요. 원래 상진이 꿈은 통역사였는데, 엄마가 3년 동안 암 투병을 하다가 돌아가시자 의과대학에 가기로 결심을 했거든요.

이 선교사에게 상진이에 대한 정보를 준 건 미진이었어요. 순진한 상진이는 그 선교사라는 사람에게 성경을 배우다가 그만 신천지교에 빠지고 말았어요.

종교에도 중독된다고?

중독이란 무언가에 지나치게 몰두하는 거예요. 특정한 대상에 강박적으로, 그리고 습관적으로 빠져드는 애착이지요. 중독은 물질로, 관계로, 행동으로, 심리적으로 연관되어 일어나는데, 종교도 예외가 아니에요.

정신과 의사 웨인 오츠Wayne Oates는 올바르지 않은 종교적 선입견과 세뇌로 고통당하는 종교 중독을 '병든 신앙'이라고 표현했어요.

종교 그 자체는 좋은 것이지만 자극, 긴장, 불안으로 어떤 종교에 집착하는 것은 독이 될 수 있어요. 종교적 집착으로 통제력을 상실하면 결국 자기 자신을 파괴하고, 가족과도 단절하고, 사회에서 도피하게 됩니다.

대구의 코로나19 확진자 한 명은 2020년 2월 대구 신천지 교회의 모임에 참여했어요. 그로 말미암아 병원, 보건소, 상수도 사업소, 어린이집, 도시 철도, 버스 정류장, 호텔 등 공공 장소 20여 곳이 폐쇄되었어요. 확진자 한 사람의 과도한 활동으로 이틀 만에 대구, 경북 지역에서만 수십 명이 확진을 받았습니다.

신천지교 교주 이만희의 형 장례식장에 신천지교 회원이 조문차 대거 모이면서 코로나19는 대구와 경북 지역을 휩쓸었어요. 대구 신천지교회와 병원에 왔던 사람들이 전국으로 흩어지면서 걷잡을 수 없이 병이 퍼졌지요. 대구에서만 수천 명이 확진 판정을 받았고, 대구의 경제는 무너졌습니다.

종교에 중독시키는 방식

신천지교 신도는 국내외를 합쳐 30만 명 정도로 추정됩니다. 신천지교에서는 여러 사람을 통해 한 사람에 대한 정보를 캐냅니다. 우연히 만나는 것처럼 다가와 마음을 빼앗고, 성경 공부를 함께 하자며 포교를 해요.

신천지교가 포교 대상의 개인 정보를 알아내기 위해 사용하는 여러 가지 방법 가운데 몇 가지를 소개하려고 합니다.

• 설문 조사

대학생이나 대학원생이라고 자기를 소개한 뒤 설문 조사를 부탁합니다. 간단한 설문 조사를 하면서 개인 정보를 기입하는 것이지요. 나중에 연락을 하는 경우도 다반사에요. 설문 조사에 참여해줘 감사하다며 답례로 무료 공연 입장권을 준다든지, 다시 만날 기회를 만들어요.

• 심리 검사

심리 센터에서 일한다는 사람들이 무료로 심리 테스트를 해준다며 접근합니다. 미술 검사, 성격 검사, 에니어그램 등 다양한 방법으로 심리 검사를 하고, 이후에 결과를 알려준다며 약속을 잡아요. 그때 심리 상담 관리를 깊이 있게 해주겠다며 서서히 성경 공부를 시작합니다.

• 봉사 활동

사회 봉사 단체 같은 곳에 가입해서 먼저 친분을 쌓아요. 그 후에 더 만나자고 해 만남을 이어갑니다.

• 무료 진료 상담

센터로 초청해 양질의 진료 상담을 해준다는 수법입니다.

• 무료 체험·무료 티켓 증정

공연, 영화, 연극 등 다양한 티켓을 무료로 제공하면서 연락처를 받습니다. 행사 현장에 참석하면 직접적으로 신천지교 이야기를 하지는 않으면서 친분을 맺어요.

• 성경 공부

신천지교는 포교 대상으로 성경을 아는 사람을 선호해요. 신천지교 성경 공부 강사를 선교 단체 간사, 교회 목사, 심리 상담사라고 사칭해 접근합니다.

• 스터디 모임·취미 모임

독서, 한자, 악기, 바둑, 운동 등 다양한 취미 모임을 만들고, 무료로 진행합니다. 그곳에는 신천지 멤버가 대거 들어가 있어요. 서서히 친해지면서 포교를 하는 것이지요.

이 밖에도 유대인 학습법, 영재 아동 모임, 봉사 활동, 1일 찻집, 성격 테스트, 행동 유형 검사, 미술 심리 치료, 도형 그리기, 우울증 및 스트레스 테스트, MBTI 무료 검사, 힐링 스쿨, 각종 설문, 5분 스피치 듣고 평가하기 등에 참여를 유도합니다.

심지어 이성 친구를 소개하기도 합니다. 성을 이용하기도 하고 돈을 주면서 아르바이트를 시켜주기도 해요. 왜 그럴까요? 이들은 포교에 물불 가리지 않아요.

고등학교 때 유럽에서 유학 생활을 하던 신철이는 근처에 큰 교회가 있어 가보았어요. 원래는 교회에 다니지 않았지만 이 교회에서는 신도들끼리 차를 태워 데려가주고, 무엇보다 매주 김치를 담아주었어요. 객지에서 외롭게 지내면서 한국 음식을 그리워하던 신철이는 자연스럽게 교회에 계속 가게 되었어요. 매주 차를 태워주던 선생님도 좋았지만 그곳에 가면 한식을 먹을 수 있고 반찬까지 얻어오니 아주 좋았어요. 나중에 알고 보니 이 교회는 신천지교회였어요. 하지만 처음에는 절대 신천지교회임을 밝히지 않았죠. 신철이는 한국에 돌아오면서 더 이상 교회에 가지 않으려 했지만 교회 사람들은 끊임없이 다가왔어요.

신천지교 모략 교리

신천지교에는 기존 교회 교리와는 다른 '모략 교리'라는 게 있어요.

신천지교에서 탈퇴한 민석이는 이 모략 교리가 아주 무섭다고 말합니다.

"신천지에서는 교인들이 그 교리를 완전히 믿어서 가정을 포기할 정도가 되기 전에는 교회에 다니는 사실을 가족에게 철저히 숨기게 해요. 계속해서 거짓말을 하도록 가르쳐요. 더 나아가서는 자신들이 주장하는 교리도 외부에 숨겨야 한다고 가르치고요. 신천지교에 미혹된 이들의 가족이 가장 크게 실망하고 절망하는 점이 바로 이 지점이에요. 아무 죄책감 없이 거짓말을 하면서도 의문을 갖지 않게 되니까요. 신천지교에서는 이런 거짓말이 하나님의 뜻이라고 가르쳐요. 거짓말을 통해 하나님께 영광을 돌려야 한다고 성경에 나온다고 주장해요. 거짓말로 신천지의 교세를 확장시키는 것이 바로 구약 성경에 나온 하나님의 모략이라고 설명하죠."

신천지교 교주의 부인이자 신천지교 2인자로 알려졌던 김남희는 이만희 총회장(교주)에 대해 이렇게 말했어요.

"종교를 빙자한 사기꾼이다!"

김남희는 이만희가 하나님과 종교를 이용한 사기꾼이며 돈을 보고 자신에게 접근했다고 했어요.

사실 김남희는 2012년 이만희 총회장과 결혼해 많은 것을 누렸고, 신천지교 조직 내부에서 엄청난 영향력을 발휘한 사람이에요. 그런데 유튜버 '존존 TV'와 인터뷰를 하면서 이런 이야기를 했어요.

"이만희는 구원자도, 하나님도 아니고, 저와 똑같이 죄인입니다. 하나님과 종교를 이용한 완전 사기꾼입니다."

김남희는 계룡시에 갔을 때 이만희가 한 번도 결혼한 적이 없다고 들었어요. 혼인 신고도 한 적이 없다고 했고, 서로가 하늘이 보내준 짝이라고 했다고 해요. 그러면서 함께 살아야 한다고 해 사기 결혼을 한 것이라고 했어요.

이만희 총회장과 결별한 계기에 대해서는 이렇게 말했어요.

"총회장이 4,000억 원이 필요하다며 1,000억 원을 마련해 오라고 요구했다."

무엇보다 김남희로 모든 돈이 흘러 들어가고, 김남희가 신천지교 후계자라는 억울한 마음을 풀어주지는 않아 마음도 상하고, 탈퇴하게 되었다고 했어요.

종교 중독에 빠지지 않으려면

첫째, 마음이 공허하면 안 돼요!

종교에 지나치게 빠지는 사람 대부분이 관계 결핍을 앓고 있어요. 대인 관계에서 사랑과 보호를 받지 못한 사람이 많아요. 그런 사람들은 따뜻하게 돌봐 심리적인 결핍을 해소해 줘야 해요. 특히 어릴 때 많이 안아주고 스킨십을 많이 해 사랑을 표현해야 합니다. 불안에서 빠져나와 사람들과 원활하게 관계를 맺도록 도우며, 무엇보다 건강한 자아를 형성하도록 해야 합니다.

둘째, 이데올로기가 종교를 대신하면 안 돼요!

역사적으로도 기독교는 종교 중독 성향을 갖고 과오를 범했어요. 대표적인 사례가 십자군 전쟁이었죠. 11세기 유럽 기독교인들이 이스라엘 성지를 탈환하려고 전쟁을 일으켰어요. 이 전쟁은 12세기까지 100년 이상 이어졌어요. 심지어 전쟁을 정당화하고, 어린아이들까지 전쟁에 동원했죠. 이스라엘에 들어가 엄청난 살육을 저질렀고요.

한국의 기독교도 이런 잘못을 저질렀어요. 제주 4·3사태 때 서울 영락교회의 서북청년단이라는 단체가 제주에 파견되었어요. 교회의 이름으로 결성된 단체가 제주에서 양민 학살을 저질렀지요.

왜 이렇게 했을까요? 이데올로기가 종교로 둔갑해 종교 중독 현상을 일으킨 거예요. 숭고한 기독교 정신이 자칫 이데올로기가 될 수 있고, 무서운 살인도 자행할 수 있어요.

셋째, 혼자서 고민하면 안 돼요!

종교 중독에 빠지는 사람은 대부분 혼자 몰입하다 빠져들어요. 포교하는 쪽에서도 사람들에게 말하지 말라고 종용하지요. 그러나 종교가 필요할 만큼 의지할 곳이 간절할 때는 가족에게 알려야 해요. 가족이 힘들면 친구나 조언을 해주는 사람과 나누어야 해요.

제 삼촌은 어릴 때 옆집 아저씨와 함께 교회를 다녔어요. 공부를 참 잘한 삼촌은 대학 시절 내내 우수 학생 장학금을 받았어요. 자격증이 스무 개나 될 정도로 성실하기도 했죠. 그러던 삼촌이 통일교에 빠졌어요. 1988년 10월 30일 6,500

쌍의 합동 결혼식을 진행할 때 신부 얼굴도 모른 채 결혼을 했어요. 지금도 통일교 목사로 활동하고 있어요. 큰어머니가 삼촌이 어릴 때 어떤 교회에 다니는지 알았다면 그렇게 되지는 않았을 거예요.

중독의 반대는

취하지 않은 맨 정신이 아니다.

중독의 반대는 인간관계다.

— 요한 하리Johann Hari

다 망가지고 나서야

내 자신을 이해했다.

그리고 스스로 회복되는 과정을 통해서

비로소 진짜 내가 누구인지 알 수 있었다.

— 중독에서 회복된 이의 고백

V

중독 문제 해법

사회·문화적 원인에 의한 중독 해결

어린 시절 빙판에서 열심히 뛰어놀고 있었어요. 그러다 빙판 가장 자리에서 구멍을 발견했어요. 호기심이 생겨 구멍을 들여다보는데 바닥 얼음이 깨지며 구멍으로 빠져버렸어요. 허우적대며 얼음판을 붙잡아도 얼음이 깨지고 또 깨져서 나올 수가 없었어요. 같이 놀던 형들의 도움으로 간신히 빠져나올 수 있었죠.

중독 문제도 이와 비슷합니다. 호기심으로 가까워진 자극들은 더 이상 빠져나올 수 없는 수렁이 되어 혼자 힘으로는 벗어날 수 없는 지경에 이르고, 결국 어쩔 줄 몰라 허우적거리게 만들어요. 그렇지만 얼음 구덩이에 빠진 제가 형들의 도움으로 빠져나온 것처럼, 중독 역시 도움을 받으면 벗어날 수 있습니다. 중독의 원인이 된 사회·문화적 원인과 부모에게서 기인한 정서 문제를 바탕으로, 실제 중독에서 벗어난 사례를 함께 보기로 해요.

Q드럼이 가져온 변화

아프리카 대륙의 빈곤국은 물이 부족해요. 그래서 여성과 어린아이 들이 물동이를 이고 지고 멀게는 수십 킬로미터를 걸어 물을 길어와야 했어요. 시간도 많이 걸리고 몸도 힘들고, 당연히 여성과 어린이 들은 교육도 받을 수 없었죠. 이러한 모습이 보기 안타까웠던 디자이너 한스 헨드릭스Hans Hendrikse가 Q드럼을 발명했어요.

Q드럼은 도넛 모양 물통으로, 물 75리터를 담아 바닥에 굴리며 옮길 수 있어요. 힘이 없는 여자도, 아이들도 한결 쉽고 빠르게 물을 길어오게 된 것이죠. Q드럼을 적극적으로 보급하자 아프리카 지역의 여성과 어린이가 힘들지 않게 물을 길어오게 된 것은 물론이고, 노동 시간이 줄자 남는 시간에 교육까지 받게 되었어요. 이렇게 특정한 환경이나 조건에 적합한 수준의 기술 개발을 '적정 기술'이라고 해요.

아프리카 아이들과 다름없이 가정이든 학교에서든 사회·문화적인 이유로 중독에 빠진 아이들에게도 적절한 도움이 필요해요. 내면의 근원적인 결핍을 채워줄 수 있는 자극이 마땅치 않은 아이들에게, 중독을 불러일으키는 요인들을 건강한 자원으로 바꿔줘야 한다는 뜻이에요. 건강하고 건전한 자극, 다양하고 새로운 자극을 폭넓게 보여주고 대체해줄 때 중독의 경계선상에 선 아이들이 그곳에서 벗어나게 되는 것이죠.

청소년기에 또래 친구는 목숨을 걸 수도 있을 만큼 중요한 존재예요. 부모를 위해 목숨을 버릴 수는 없지만 친구를 위해서는 위험도 무릅쓰지요. 그런데 이 시대 청소년의 친구란, 기성 세대의 학창 시절처럼 학교나 동네 친구로 한정되지 않아요. 또래 관계에 불편을 느끼는 아이들은 친구들과 함께하는 것보다 스마트폰이나 유튜브 세상에 머물 때 더 편안해하고, 나아가 랜선 너머의 관계를 더욱 중요하게 느끼기 때문이죠.

민성이도 마찬가지였어요. 가장 가까운 친구는 또래 아이들이 아니라 스마트폰과 게임이었어요.

중학교 2학년인 민성이는 24시간 중 자는 시간을 빼면 18시간 동안 게임을 하거나 게임 관련 유튜브 영상을 시청해요. 전형적인 게임 중독이죠. 밤새 게임을 하느라 학교에 가지 못하는 민성이를 걱정하던 부모님과 상담을 시작했어요. "아이가 여섯 살 때쯤 처음 스마트폰이 생겨서 게임을 하게 두었어요. 민성이는 주의가 산만해서 가만히 있질 못했어요. 그래서 식당에 가면 다른 손님들에게 피해를 주곤 했어요. 그러다 보니 식당에 갈 때마다 제 스마트폰을 주었어요."

민성이 어머니는 그 뒤로 식당에 가거나 조용히 있고 싶을 때에는 민성이의 손에 스마트폰을 쥐여주었어요. 어린 민성이는 아주 자연스럽게 6인치 남짓한 스마트폰 화면 속 세상에서 캐릭터들과 뛰어놀게 되었죠.

"무서워서 게임을 멈추게 할 수가 없어요."

몸집이 커진 민성이를 이제는 엄마도 통제할 수 없게 되었다고 해요. 한번은 학교도 안 가고 게임만 하기에 어머니가 컴퓨터 전원을 꺼버렸어요. 그러자 화를 내며 엄마를 노려보는데, 아이의 눈빛답지 않은 그 시선이 너무나 무서웠다고 해요. 그 뒤로는 게임을 해도 어찌할 바를 모르겠다는 고백이 이어졌죠.

이토록 중증 게임 중독에 빠진 민성이가 지금은 게임 중독에서 벗어났다면, 믿기 어렵겠지요?

부모님과 상담하고 며칠이 지나 민성이를 만났어요. 마주 보고 앉아 상담을 하는 내내 민성이는 스마트폰을 손에서 놓지 못했어요. 단순히 게임 중독이 아니라 스마트폰이라는 대상과의 관계 중독으로 보였죠. 관계 중독은 재미와 자극을 안겨주는 대상에게 집착하고 의존하는 것을 말해요. 흥미로운 현상은 보통 이 시기 남자 청소년들은 또래 친구로부터 자극을 받아 서로 의존하는 데 반해, 민성이는 기계일 뿐인 스마트폰에 애착을 느낀다는 거예요. 이런 사실을 섬세하게 알아차리지 못한 부모님은 무조건 스마트폰을 빼앗으려고만 했어요.

게임과 스마트폰에 중독된 민성이를 그 세계에서 끄집어내기 위한 첫 번째 방법은 바로 '관계 재설정'이에요. 민성이는 어머니가 말한 것처럼 가만히 있지 못하는 아이였어요. 그런데 부모들은 대부분 이를 문제라고 여겨요. 한 번 더 생각해보면, 가만히 있지 못한다는 것은 에너지가 넘친다는 의미예요. 몸을 움직이고 싶은 욕구를 충족해야 하는 아이인 거죠. 그러나 움직이고 싶은 욕구가 차오를 때마다 그 자리에 스마트폰이라는 자극이 들어왔어요. 가만히 있어도 재미있게 해주는 친구가 생긴 거죠. 그렇게 민성이는 어린 나이부터 자극적인 친구를 만난 거예요.

뛰어놀고 싶을 때 부모님은 놀아주지 않았어요. 바쁘거나 피곤하거나, 어른들의 이유는 비슷했지요. 몸을 쓰면서 에너지를 충분히 써야 하는 민성이에게 부모님은 수용적인 분들이 아니었죠. 그러나 그 부모님이 만나게 해준 스마트폰과 게임은 굉장히 호의적인 친구였어요. 놀고 싶을 땐 언제나 함께 놀 수 있고, 만날 때마다 즐겁게 해주었어요. 그렇게 생긴 애착으로 스마트폰은 떼려야 뗄 수 없는 존재, 의존할 수밖에 없는 존재가 되어버린 거예요.

누구보다 부모님이 민성이에게 첫 번째 친구가 되어주었어야 해요. 그런데 잠깐 동안의 편안함을 위해 선택한 결정이 민성이의 삶 전부를 뒤죽박죽으로 만들었죠.

비슷한 경우가 굉장히 많아요. 수많은 아이들이 부모가 아닌 다른 자극에 의존하게 돼요. 어떤 아이는 초콜렛이란 친구를 만나고, 어떤 아이는 유튜브라는 친구를 사귀고, 또 어떤 친구는 도박과 만나는 거예요. 사회·문화적 원인에서 기인한 중독을 해결하는 방법은 '관계 재설정'이에요.

아이들이 빠져든 중독 대상을 단순한 물질이나 행동이라고 여기면 안 돼요. 대부분 그 대상과 애착 관계를 형성하고 있기 때문에 강제로 떼어놓으려 하면 반발하게 마련입니다. 민성이가 무서운 눈으로 어머니를 노려본 것처럼 말이에요. 그렇기 때문에 제일 먼저 해야 할 것은 중독된 대상과 만나는 시간을 조금씩 줄여주는 것, 환경을 바꿔주는 거예요.

민성이가 처음부터 게임을 18시간씩 했을까요? 그랬을 리 없습니다. 10분, 20분씩 하던 것이 조금씩 늘었을 거예요. 우리가 어떤 자극을 처음 경험하면 뇌에서 신경 전달 물질 도파민이 분비됩니다. 쾌감을 주는 물질이죠. 그러나 도파민은 자극의 크기와 강도가 고정되면 둔감해져서 전보다 더 강한 자극을 받아야 분비가 돼요. 중독 물질이나 행동의 양이 증가할 수밖에 없는 거죠.

현재 민성이의 뇌는 18시간 이상의 게임을 해야만 도파민이 분비되는 상황인 거예요. 욕구가 생겼을 때 뇌에서 도파민이 분비되지 않으면 분노가 일기 때문에 민성이는 매일 게임과 스마트폰에 의존하게 된 거예요. 이런 상태에서 벗어나기 위해 민성이가 가장 시급하게 할 일은 게임 시간을 조금씩 줄이는 거예요.

다행히도 게임에 중독된 친구들은 모두 그것이 문제라는 사실을 알고 있어요. 그럼에도 그 게임을 대체할 것을 찾지 못해 끊지 못하는 거예요.

민성이도 마찬가지였어요. 게임을 줄이고 싶냐는 질문에 아이는 이렇게 대답했어요.

"줄이고 싶어요. 안 하는 것은 아니고, 불안감 없이 즐기면서 하고 싶어요."

관계 재설정은 이렇게 진행됐습니다. 우선 평소 18시간씩 하던 게임 시간을 17시간 30분으로 줄이도록 했어요. 이 약속을 잘 지키면 일주일에 10분씩 줄여나가기로 한 것이죠.

시간을 줄이는 동시에, 이제까지 게임과 스마트폰 말고 다른 친구를 만나본 적 없는 민성이에게 다른 놀이 대상, 다른 활동을 만들어줘야 했어요. 게임에 쓰던 시간이 줄어드는 만큼 대신할 일이 있어야 하니까요. 스마트폰만큼은 아니더라도 어느 정도 재미있고 즐거운 일이어야 하죠. 이것은 게임과 스마트폰에 과도하게 몰입된 민성이의 시선을 분산시키는 작업이에요. 그렇게 되면 민성이는 게임과 스마트폰과의 관계를 스스로 통제할 수 있는 활동의 하나로 재설정하게 됩니다. 단 대체 활동들은 디지털 매체가 아니라 직접 몸을 쓰거나 스킨십하는 활동이어야 해요. 정서 변화는 신체적인 접촉에서 일어나기 때문이죠.

먼저 민성이에게 좋아하는 것을 물었어요. 웹툰을 좋아한다고 하더군요. 그런데 웹툰을 보는 것은 곧 스마트폰을 하는 것이니, 줄어든 시간만큼은 재미있는 만화책을 보라고 했어요. 이런 식으로 매체나 수단을 바꿔주는 방법은 지금껏 떼려야 뗄 수 없던 스마트폰을 놀이 가운데 하나로 인식하고 적절하게 거리를 유지하는 관계로 만들어줍니다.

민성이는 그동안 새로운 친구를 소개받은 경험이 없었어요. 이번이 처음이었죠. 그렇게 일주일간 게임 시간을 30분 줄였고, 줄어든 30분 동안 만화책을 봤어요. 게임을 하는 시간이 30분이나 줄어들었지만 민성이는 힘들어하지 않았어요. 그다음 주에는 게임을 17시간 20분 했어요. 그리고 40분 동안 만화책을 봤죠.

그렇게 8주가 지났고, 민성이의 게임 시간이 7시간으로 줄었어요. 계획대로라면 100분이 줄어야 하지만, 게임을 하지 않는 시간에 다른 활동을 하자 새롭게 도파민이 분비되었고, 다른 활동이 주는 자극이 민성이의 결핍을 채워준 것이죠.

여기서 부모님께 세 가지를 요청드렸어요. 첫 번째는 활동 한 가지를 100분 넘게 하지 않도록 해달라는 것이었어요. 보통 하루 87분 이상 같은 활동을 하는 것을 중독으로 보는데, 게임을 대신해 다른 활동에 중독되지 않게 하려는 것이죠. 두 번째 요청은 새로운 활동을 여러 가지 더 찾아보고 경험시키라는 것이었어요.

민성이는 어떻게 되었을까요? 8주가 지나자 민성이는 게임을 하지 않는 동안 만화책 60분, 줄넘기 30분, 보드 게임 60분, 음악 듣기 30분 등 다양한 활동을 하고 있어요. 저희가 부모님께 드린 마지막 요청은, 게임이 아닌 모든 활동을 부모님 중 누구라도 한 분이 같이 하라는 것이었어요. 부모님과 제대로 관계를 맺지 못한 민성이는 제가 처음 경험하는 활동을 함께 해주는 부모님과 새로운 관계를 맺게 되었어요. 새 친구를 만난 거죠.

오랜 시간 유일한 친구였던 게임, 스마트폰과의 관계가 생활의 일부분으로 재설정되었고, 함께하지 못했던 부모님과의 관계는 새 친구로 재설정되었죠.

그렇게 시간이 지나고 2020년, 이제 민성이가 하루에 게임을 하는 시간은 4시간에 불과해요. 부모와의 관계, 게임과 스마트폰과의 관계 재설정으로 중독에서 조금씩 회복되고 있는 것이죠.

이와 같이 근원적 결핍을 올바른 방식으로 채우지 못하는 문제, 사회·문화적 원인에서 기인한 중독은 관계 재설정 작업만으로도 긍정적인 효과를 얻습니다. 친구들이 너나없이 피워서 덩달아 버릇이 된 담배도, 친구들과 어울리다 마시게 된 술도, 아이들이 여기에 집착하는 이유는 부모가 채워주지 못한 관계 결핍이 원인이기 때문이죠.

정서적 어려움에서 기인한 중독 해결

어른 아이

어린 시절 우리 집은 형편이 어려웠어요. 부모님과 형, 네 식구가 비좁은 단칸방에서 살았죠. 빚쟁이들에게 날마다 시달리며 살아가던 어느 날, 어머니는 형과 저를 불러 낮잠을 자자고 했어요. 초등학교 4학년, 2학년이던 형과 저는 평소와 다른 어머니의 모습이 당황스러웠지만 어쩔 수 없이 자리를 깔고 어머니 곁에 누웠어요.

무언가 심상치 않다는 걸 느낀 저는 화장실에 다녀오겠다고 하고 밖으로 나갔어요. 방문을 열면 보이는 연탄 보일

러의 뚜껑이 열려 있었어요. 나이는 어렸지만 연탄 보일러의 뚜껑이 열리면 안 된다는 것을 알고 있던 저는 몹시 겁을 먹은 채 떨리는 손으로 뚜껑을 닫았어요. 그리고 방으로 돌아가 어머니 곁에 누웠죠. 아무 일도 일어나지 않았지만, 그때의 경험이 제 삶에 얼마나 크게 영향을 미칠지 그때는 생각하지 못했어요.

시간이 지나 성인이 되었는데, 이성 친구를 사귀면서도 그 사람을 믿지 못하는 저를 발견했어요. 만나는 이성을 완전히 소유하고 통제하려는 관계 중독 증상을 보였죠. 그러던 중 상담을 공부하며 알게 됐어요. 나의 어린 시절 자아가 여전히 자라지 못한 채 '어른 아이'의 모습으로 내 안에 살고 있었던 거예요.
나의 전부나 다름없던 엄마가 나를 죽이려고 했다는 두려움과 불안이 마음 깊숙한 곳에 남아 있었고, 교제하는 이성이 언제든 나를 떠날 수 있다는 불안감에 휩싸인 거였죠. 그래서 관계를 붙잡기 위해 온 에너지를 쏟았죠. 상담을 거듭하면서 발견한 나의 문제를 어머니께 말씀드렸어요. 어머니는 기억이 나지 않는다고 하면서도 이렇게 말씀하셨어요.

"내 목숨보다 사랑하는 아들들과 죽으려고 했던 엄마 마음이 어땠을지 생각해줘."

그 말을 듣자 그 시절 옆에 누웠던 어머니의 표정이 보이는 듯했어요. 목숨처럼 사랑하는 아이들과 함께 죽으려고 결심한 심정, 하지만 결국 죽지 않았다는 안도감. 어머니의 복잡한 마음을 느끼고 나니 그 시절 자라지 못했던 작은 아이가 제 안에서 사라지는 경험을 했습니다.

부모나 친구 등 정서적 교감 대상으로부터 얻은 부정적인 자극 때문에 중독에 빠지는 청소년이 아주 많아요. 이들은 제대로 성장하지 못하고 정체를 숨긴 어른 아이를 내면에 품은 채 어른이 되죠. 그 어른은 또 자식에게 어른 아이의 모습으로 부정적인 자극들을 주며 중독의 쳇바퀴를 이어가게 됩니다. 하지만 부정적인 대상과의 정서적 교감을 회복한다면 중독에서도 벗어날 수 있습니다.

아이 대 아이

고등학교 1학년인 선정이는 심각한 은둔형 외톨이예요. 자기 방에서 나오지 않고 게임에 중독되어 있었어요. 선정이가 방에서 나오지 않은 지가 3개월을 넘어섰어요. 학교는커녕 부모님과 함께 밥을 먹지도 않았어요. 컴컴한 방문을 살짝 열고 도시락을 넣어주면 그걸로 끼니를 때우면서 지냈어요. 문이라도 열고 들어가면 자해를 했어요. 그 뒤로는 언제 씻는지, 언제 화장실을 가는지도 알 수 없을 만큼 심각한 상태가 되고 말았어요. 대화라는 건 완전히 사라졌죠. 결국 선정이 아버지가 상담을 부탁했고 선정이와 상담을 시작하게 되었어요.

"선정이도 선정이 엄마도 갑자기 원수가 되어버렸어요. 별것도 아닌 일로 크게 싸운 후로 선정이는 방에서 나오질 않고, 선정이 엄마는 선정이와 한마디도 하지 않아요."

아버지는 그 상황이 몹시 당황스러웠어요.

여느 날과 다름없던 월요일 아침, 갑자기 선정이 엄마가 소리를 질렀다고 해요. 선정이가 학교에 가고 싶지 않다고 했기 때문이죠. 중학생이던 선정이는 성적도 좋고 말도 잘 듣는 아이였어요. 그런데 고등학교에 진학한 이후, 무슨 일인지 학교에 가기 싫어했고, 매일 반복되는 실랑이에 어머니가 폭발한 거죠. 화가 난 엄마는 차마 딸에게 해서는 안 되는 폭언을 했고, 선정이는 그대로 방으로 들어가 상담하는 그날까지도 나오지 않고 있었어요.

아버지의 부탁으로 선정이네 집으로 가 상담을 시도했어요. 어머니와 아버지는 밖에 계시라고 부탁한 뒤, 닫힌 문 너머로 선정이와 처음 대화를 했어요.

우선 제 소개를 하고, 왜 작은 방에 머물게 되었는지를 물었어요.

"엄마 때문이에요."

한참이 지나서야 선정이는 엄마가 듣기를 바라는 듯 큰소리로 말했어요. 그러고는 더 이상 아무 질문에도 대답을 하지 않았죠.

바로 어머니와 상담을 시작했어요.

"갑자기 왜 저렇게 괴물처럼 변했나 모르겠어요. 저러다 나랑 똑같이 살면 안 되는데."

어머니가 분노를 쏟아냈어요.

선정이 어머니네는 누구나 인정할 만한 수재 집안이었다고 해요. 형제가 모두 좋은 대학에 진학했고, 미래가 보장된 사람들이었죠. 막내였던 선정이 어머니 역시 엄격한 분위기 속에 공부를 곧잘 했다고 해요.

"저는 단 한 번도 부모님께 소리를 질러본 적이 없어요. 근데 쟤는 왜 저렇게 미쳤는지 모르겠어요."

어머니의 말에서도 알 수 있듯이 선정이 어머니는 부모님에게 무조건 순종하며 살아왔어요. 부모님이 원하는 대로 인생 경로를 정했고, 부모님이 원하는 대학에 갔고, 부모님이 원하는 회사에 취직을 했죠. 단 한 가지 거역한 것은 선정이 아버지를 만나 결혼한 것이었어요. 처음으로 부모님의 반대를 무릅쓴 도전이었죠.

못마땅하게 여긴 선정 어머니의 부모님은 오랜 시간 딸을 찾아오지도 만나주지도 않았어요. 선정이를 낳은 후에야 결국 받아들여주셨죠. 하지만 가족 모임에 갈 때마다 훌륭한 오빠들과 조카들을 보며 늘 주눅이 들었어요. 그럴수록 어머니는 선정이도 훌륭하게 키워야겠다고 다짐했죠.

남편과 열심히 맞벌이하며 남부럽지 않게 공부를 시켰고, 원하는 고등학교까지 진학을 시켰는데, 그런데 갑자기 선정이가 괴물로 변한 거예요.

선정이 어머니는 에너지가 넘치던 청소년 시기에도 그 에너지를 발산하지 못할 정도로 억압된 환경에서 자랐어요. 겉으로 보기엔 환경에 순응한 것 같지만, 선정이 어머니의 내면에는 결국 에너지를 적절히 사용하지 못한 어른 아이의 자아가 함께 자리 잡고 있었어요.

그 아이와 선정이가 맞붙은 거죠. 선정이는 근원적인 결핍을 애정으로 채우고 싶었어요. 그런데 어머니는 애정보다 성공 욕구를 채워 넣은 거예요. 선정이도 어릴 때는 어머니의 바람에 부응하면서 칭찬과 보상을 받으려 애를 썼어요.

하지만 고등학생이 되면서 더 이상 그런 칭찬과 보상이 필요 없어졌고, 한 번도 충족하지 못한 어머니의 애정을 갈구하기 시작했어요. 그래서 학교에 가기 싫다고 한 거죠. 힘들다고. 안아달라고.

하지만 애정을 요구하는 선정이는 거부당했어요. 온전히 사랑을 받아보지 못한 아이 상태의 어머니가 받아들이지 않은 거예요. 오히려 분노했죠.

"나는 꾹 참았는데, 너는 왜 그렇게 하지 못하지?"

어린 시절 싫다는 말을 한 번도 하지 못한 선정이 어머니. 그 안에 머무는 '자라지 못한 아이'가 얼마나 힘들었을지 가늠이 되지 않았어요. 그리고 처음 부모님의 뜻을 거슬러 선택한 남편, 그 일로 부모님을 잠시 잃었던 슬픈 경험은 대단히 큰 충격이었을 거예요.

"많이 힘드셨겠어요. 어린 시절에도, 결혼을 한 뒤에도요. 하지만 그렇다고 해서 선정이까지 힘들 필요는 없지 않을까요?"

한참을 이야기하던 어머니에게 이렇게 말하자, 어머니는 눈물을 흘리고 말았죠. 자기가 살아온 대로 하지 않으면 선정이가 불행해질 것 같았다며 눈물을 흘렸어요. 단 한 번도 행복하다고 느낀 적 없는 어린 시절이었는데, 선정이에게 똑같이 강요하는 자기 자신을 발견한 거예요.

그 후 몇 번 더 어머니와 상담을 했고, 하루는 어머니가 방문 밖에서 선정이에게 이야기를 했어요. 드디어 선정이가 문 밖으로 나왔다고 해요. 그 소식과 함께 어머니는 제게 문자로 어떤 이야기를 나눴는지 보여주었죠.

"미안해. 엄마가 배운 게 엄마처럼 살게 하는 것뿐이라서. 엄마도 그때 굉장히 불행했는데 그걸 잊고 있었어. 언제든 나와줘. 이제 안 그럴게."

그 뒤로 여러 차례 상담을 했고, 선정이는 더 이상 스스로를 방에 가두지 않게 되었어요. 게임 중독에서도 벗어났죠. 물론 지금도 여전히 다툴 때가 있지만 아이와 아이의 다툼이 아니라, '어른'과 '어른이 되어가는 아이'의 다툼으로 바뀌었죠.

이처럼 부모나 자녀 모두 근원적인 결핍을 갖고 살아가요. 그 과정에서 부모가 아무것도 채워주지 못했거나, 왜곡된 자극을 채워주었을 때 자녀들은 중독에 빠지게 됩니다.

혹시 우리 아이가 지금 중독 상태인가요? 그렇다면 내가 아이의 결핍에 무엇을 채워왔는지 살펴야 해요. 왜곡된 자극들을 채워주고 있다면 하루빨리 멈춰야 해요. 그리고 내 안의 왜곡된 정서와 이유를 먼저 찾아야 합니다. 아직 자라지 않은 어른 아이를 말이죠.

혹은 우리 아이의 결핍에 아무것도 채워주지 못하고 있나요? 그렇다면 부모가 마땅히 아이에게 줘야 하는 건강한 자극을 찾으세요. 줄 수 있는 것이 없다고 포기하지 마세요. 그저 안아주는 것만으로도 엄청난 변화가 온다는 사실을 믿으셔야 해요.

아이가 태어나 막 걸음마를 시작하면 수없이 넘어지죠. 하지만 한두 발 앞선 부모는 바로 일으켜 세워주지 않아요. 아이를 미워해서가 아니죠. 스스로 일어나게 하기 위해서, 살면서 겪게 될 수많은 문제 앞에서도 언제든 어렵지 않게 일어나게 하려는 기다림일 거예요.

이것이 바로 건강한 자극이에요. 기다리고, 일어났을 때 격려하고, 품에 안기면 힘껏 끌어안는 자극. 이것이 바로 부모가 아이에게 내줄 건강한 자극이에요.

부모의 부정적인 자극으로 중독에 빠진 아이들이 있나요? 그렇다면 이제라도 노력하세요. 부정적인 자극을 멈추시고, 건강한 자극을 찾아주세요. 쉽지 않겠지만, 부모님의 달라진 한마디와 달라진 눈빛으로 우리 아이들의 결핍이 채워질 때 기회가 열립니다. 중독에서 벗어나는 길, 더 늦기 전에 시작하세요.

12단계 회복 프로그램

세계적인 중독 치유 프로그램

전 세계 거의 모든 중독 치유 모임에서 적용하는 회복 프로그램이 있습니다. 미국 알코올 중독 회복 모임에서 1939년에 만든 '12단계 원리'예요. 지금도 알코올, 도박, 마약 등 모든 중독 회복 모임에서 주요 프로그램으로 채택하고 있어요.

중독자와 가족도 '12단계 프로그램'을 이행하는 회복 모임에 참여하기를 권합니다. 1935년 '익명의 알코올 중독자들 AA, Alcoholics Anonymous' 회복 모임이 시작된 이래 수천만 명이 회복된 데이터가 효과를 증명합니다. 주위에서 함께해줄 때 중독도 치유될 수 있어요.

AA의 12단계 프로그램

1단계 우리는 알코올에 무력했으며 스스로 생활을 통제할 수 없다는 것을 깨닫고 시인했다.

2단계 우리보다 위대하신 '힘'이 우리를 건전한 본정신으로 돌아오게 해주실 수 있다는 것을 믿는다.

3단계 우리가 이해하게 된 대로, 그 신의 보살핌에 우리의 의지와 생명을 온전히 맡기기로 결정했다.

4단계 철저하게 두려움 없이 우리의 윤리적 생활을 검토했다.

5단계 우리가 잘못한 점을 신과 자신에게 또 어느 한 사람에게 솔직하고 정확하게 시인했다.

6단계 신께서 우리의 이러한 모든 약점을 없애주시도록 우리는 준비를 완전히 했다.

7단계 겸손한 마음으로 신께 우리 약점을 없애주시기를 간청했다.

8단계 우리가 해를 끼친 이들의 명단을 만들어 기꺼이 보상할 뜻을 갖게 되었다.

9단계 어느 누구에게도 해가 되지 않는 한, 할 수 있는 데까지 어디서나 그들에게 직접 보상했다.

10단계 계속 반성해 잘못이 있을 때마다 즉시 시인했다.

11단계 기도와 명상으로 우리가 이해하게 된 대로 신과 더 많이 접촉하려고 의식적으로 노력했다. 우리를 위한 깊은 뜻을 알게 해주시며, 이를 이행할 힘을 주시도록 간청했다.

12단계 이렇게 생활한 결과 우리는 영적으로 각성했고, 알코올 중독자들에게 메시지를 전하려 노력했으며, 생활의 모든 면에서 이러한 원칙을 실천하려고 했다.

AA 회복 프로그램은 빌 윌슨Bill Wilson이 만들었어요.

윌슨은 1934년 11월 뉴욕의 타운 병원에서 '신의 빛'을 보는 경험을 했어요. 당시 그는 극심한 알코올 중독으로 정신병원에 네 번째 입원한 환자였죠. 본인도 대단히 노력했지만 술을 끊지 못해 절망의 깊은 늪에서 헤매다가, 병원 침대에서 신기한 영적 체험을 하게 되었어요. 의사는 이렇게 말했죠.

"아무튼, 당신의 경험은 흔히 있는 정신 착란은 아닌 것 같습니다. 정확히 뭔지는 모르겠지만 그것을 찾아 온전히 매달려보기를 바랍니다."

이후 윌슨은 자기가 공짜로 깨달음을 얻은 만큼 다른 알코올 중독자에게도 공짜로 그 각성을 나누기 위해 죽을 때까지 AA 회복 프로그램 운동을 펼쳤어요.

만성 알코올 중독자로 지내며 도저히 술을 끊을 수 없는 상태에서, 단 한 번 '신의 빛'을 봄으로써 술에 대한 욕망이 사라진 경험을 전하기 위해, 그리고 수많은 알코올 중독자가 회복하도록 돕기 위해 봉사하면서 윌슨은 깨달음의 진리가 '신의 은총'임을 분명하게 알게 됐어요.

2016년 12월 12일, BBC 뉴스가 기획 특집으로 윌슨과 비슷한 경험을 한 사람을 소개했어요. 스코틀랜드의 라이언 롱미르Ryan Longmuir였죠.

롱미르는 열두 살에 처음 마약을 했어요. 코카인, 바륨(신경 안정제), 엑스터시, 헤로인 등 여러 가지 마약에 중독되고 말았어요. 하루 걸러 한 번씩 마약상을 찾아가 구입한 엑스터시를 한 번에 5~10알 정도 먹었고, 열다섯 살부터 스무 살까지는 거의 매일 마약을 했어요.

롱미르는 뉴질랜드에서 마약을 취급하다 체포됐어요. 스코틀랜드에 있는 친구에게 연락해 도움을 청했는데, 친구는 롱미르를 위해 기도해주었죠. 롱미르도 침대 옆에 무릎을 꿇고 간청했어요.

"신이 있다고 믿지 않지만, 만약 정말 존재하신다면 제게 보여주시고 믿을 수 있게 해주세요."

사람들이 무료로 차를 태워주며 롱미르를 도왔어요. 전혀 모르는 이들이 점심을 사주었어요. 롱미르는 그들이 친절을 베푼 배경에는 무언가 까닭이 있을 거라고 생각했어요. 전혀 알지 못하는 사람들이 베푼 선행은 롱미르의 삶을 변화시키는 계기가 됐어요.

이어 불현듯 마약 욕구가 사그라들었고, 갖고 있던 환각제를 몽땅 바다에 던져버렸어요. 그리고 다시는 마약을 하지 않았어요.

롱미르는 스무 살에 하나님을 만났고 깨끗하게 치유되었어요. 4년 후에는 레지스 뱅퀴팅Regis Banqueting이라는 회사를 설립해, 지금은 스코틀랜드에서 역량 있는 사업가로 성장했어요.

이렇듯 중독에서 벗어나려면 신적 도움이 필요해요. 더불어 선한 사람들의 도움도 아주 중요해요.

우울에서 벗어나려면 세 가지가 필요해요.

첫째, 따뜻한 빛.

둘째, 규칙적인 약 복용.

셋째, 건강한 사람들과 함께하는 생활.

중독도 마찬가지예요.

첫째, 중독 세계에서 나와 따뜻한 빛을 봐야 합니다.

둘째, 약을 꼭 챙겨 먹고요.

셋째, 공동체 안에서 건강한 사람들의 돌봄을 받아야 해요.

특히 가정이 따뜻한 공동체가 되어야 해요. 가족이 서로 돌보고 더 사랑해야 해요.

우리 주위에는 중독자들이 너무나 많아요. 상처 입은 사람들도 참 많고요. 따뜻한 눈빛, 따스한 말, 따스한 태도로 서로를 받아들이고 축복해주면 좋겠어요. 따스한 사랑은 어떤 약보다도, 어떤 도구보다도 강력한 치료제인 것을 잊지 마세요!

중독 문제를 해결하는 다차원적 접근

사회·경제·문화 제도로
중독 문제를 해결한다

우리가 중독되는 것들은 대부분 사람들이 원하고, 좋다고 느끼는 것들이에요. 자본주의 사회에서 사람들의 욕망을 자극하는 것들은 돈이 되게 마련이지요. 그래서 중독을 야기하는 산업을 '기쁨 산업'이라 부르기도 해요. 주류 회사는 사람들이 더 자주 더 많이 술을 마시길 바라고, 담배 회사도 사람들이 담배를 많이 피워야 수익을 얻기 때문에 흡연을 확산하려 애쓰죠. 마찬가지로 사행 산업은 사람들이 더 많이 즐겨야 매출이 올라갑니다. 게임 산업도 마찬가지죠.

자본주의 사회에서 수익을 추구하는 것은 당연하지만, 이러한 산업 매출이 늘어나고 규모가 커지면 필연적으로 고통받는 사람도 많아집니다. 따라서 국가는 중독 산업이 지나치게 이윤을 취하지 못하도록 엄정한 제도를 만들어야 해요. 또 소비자가 중독되지 않는지, 기업 차원에서 예방 조치에 투자하도록 유도해야 하죠.

국가가 해야 할 또 다른 일은 국민이 건전하게 즐길 만한 것들, 즉 여가, 문화, 체육 활동을 비용, 시간, 공간 제약 없이 즐길 수 있도록 마련해줘야 해요. 다양하고 풍성한 지원으로 사람들이 스스로 중독을 예방하고, 건전하고 기쁘게 즐기며 욕구를 해소하게 해야 합니다. 이것이야말로 중독 예방에 가장 중요한 일이라 할 수 있어요.

준비된 가정과 지역 사회 자원

앞서 여러 번 이야기했듯 가족은, 특히 부모는 중독 예방에 가장 중요한 바탕이자 토대입니다. 아이들이 무엇을 즐기고 어디에서 기뻐하는지는 상당 부분 부모에게 달려 있어요. 자녀들에게 만족과 애정과 관심을 충분히 주는 가정에서는 중독 문제가 발생할 가능성이 낮겠지요.

가장 쉬운 방법은 칭찬과 인정이에요. 칭찬과 인정에서 충분히 만족감을 경험하는 아이들은 외부의 강력한 자극에 의지할 필요가 줄어듭니다. 물론 부모들이 이렇게 할 수 있도록 지역 사회가 도와주면 더 좋아요. 다양한 지역 자원, 사회복지, 종교, 교육, 문화 서비스와 혜택이 촘촘하게 연결되어 있다면, 가정에서 다소 부족하게 대응하더라도 안전한 경계 안에서 대안이 될 수 있어요.

준비된 전문 치료 체계

그럼에도 중독에 이르는 사람들은 있어요. 앞서 이야기했듯 중독은 단순히 환경 요인뿐만 아니라 타고난 기질, 성향 등 개인적·생물학적 요인 때문에 발생하기도 하니까요. 학교나 1차 상담 기관, 사회 복지 기관 등은 중독 조기 발견 교육과 훈련이 충분히 되어 있어야 합니다. 의료 기관은 효과적인 치료 서비스를 적기에, 그리고 충분히 제공할 수 있도록 준비해야 해요.

지역 공동체와 종교 공동체의 넓은 품

중독 문제는 어느 한 사람, 기관, 가족이 해결할 수 있는 문제가 아니에요. 또 한 번 해결이 되었다 해도 반복적으로 재발하기 쉬운, 오랫동안 관리해야 하는 문제예요. 따라서 생활 전반에서 지속적으로 만족과 기쁨과 인정을 얻고, 이를 통해 강력한 중독에 기대고픈 욕구가 쌓이지 않도록 해야 하죠.

여기서 중요한 것이 공동체와 종교예요. 일상에서 정신 건강과 육체의 건강뿐 아니라 영적 안녕까지 얻을 수 있다면, 중독 예방에 가장 이상적인 환경이 될 겁니다.

어느 누구도 과거로 돌아가

새로 시작할 순 없지만,

지금 시작해 전혀 다른 결과를 내는 건

누구나 할 수 있다.

— 카를 바르트 Karl Barth

우리 아이

중독 심리 백과

2021년 2월 2일 초판 1쇄 발행

지은이 김민철 · 김영한 · 이해국 · 조병옥 · 최준영
펴낸이 김선민
디자인 urbook
펴낸곳 STOREHOUSE(스토어하우스)
출판신고 2019년 12월 30일 제307-2019-89호
주소 서울시 성북구 월곡로 14길 26, 109-1904
전화 010-5501-1577 **팩스** 070-7966-1577
이메일 ksmsolo@naver.com **인스타그램** storehouse_books

ISBN 979-11-90912-15-0 03800